TU AS VOLE,

LES CHEMINS DE L'AMITIE

HANS GEORG NOACK

TU AS VOLE, JOCHEN

EDITIONS DE L'AMITIE - G.T. RAGEOT

Cet ouvrage a paru en Allemagne sous le titre
ROLLTREPPE ABWARTS
aux Éditions Signal Verlag Baden-Baden

Traduction : Édith VINCENT
Photo couverture : François COUMERT

ISBN 2-7002-0063-2

chapitre 1

LE NOUVEAU

Accompagné de l'homme au visage anguleux empreint d'un sourire professionnel inexpressif, Jochen traversa la cour irrégulièrement pavée qui menait au numéro neuf. Au milieu, une pelouse grise, encore plus grise que le costume du directeur du Centre, et les cinq géraniums destinés à l'égayer remplissaient aussi mal leur office que la cravate rouge vif.

Tête baissée, Jochen fixait obstinément les pavés en forme d'œuf : « Si, avant d'atteindre la porte, je compte douze, non dix bouts de papier à terre, se disait-il, ça ne sera peut-être pas si terrible. Dix, ce n'est pas trop; assez, pourtant. Dix, oui, c'est correct. »

Le bouchon d'une bouteille à lait, un. Puis rien. Ah! Si, un morceau de papier d'argent, deux. Les débris d'un paquet de cigarettes, trois. Il restait quelques pas à peine avant d'arriver au bâtiment principal. Le cornet éventré gisant au bas des cinq marches ne comptait plus. D'autant que M. Katz se baissait pour le ramasser et le lancer dans la corbeille à papiers placée à l'entrée, derrière la porte. Quatre morceaux, au lieu de dix! Mauvais présage. A moins que ce ne fût le contraire. Surtout, ne pas caresser un espoir trompeur. Oui, trompeur certainement.

La haie, là-bas, était un mur, le mur vert et triste d'une prison. Les fenêtres, hypocritement ouvertes, dissimulaient mal leurs barreaux. Cet homme avait beau sourire, le cliquetis d'invisibles clés résonnait dans sa poche. Mensonge! Tout n'était que mensonge. La porte d'entrée avec sa plaque. Précisément. Pourquoi cette indication : « Centre d'éducation surveillée »? Et non pas : prison, bagne, maison de correction; la vérité, enfin! Pourquoi « Centre d'éducation », au lieu de Centre de punition; emprisonnement? Et au-dessous : « Pour jeunes », alors qu'en réalité il s'agissait de vagabonds, de voyous, de bons à rien. Le rebut de l'humanité.

Celui qui veut mettre K.O. son ennemi ne se trahit jamais. Un coup prévu à l'avance perd de son efficacité. Donné brusquement, il atteint son but. Les types d'ici connaissaient leur métier. Ils s'arrangeaient pour paraître gentils, rassurants. Personne ne devait se sentir surveillé et rester sur ses gardes, il leur était plus facile alors de vous manipuler.

Mensonges tout cela. Rien que des mensonges.

Pourtant, non, les quinze visages ne mentaient pas; une curiosité franche, ouverte, se lisait sur leurs traits. Jochen voyait ces quinze garçons assis devant leur assiette, les yeux braqués sur la porte. Du regard, ils jaugeaient le nouveau, attendu d'ailleurs à cause des draps frais posés sur son lit. D'avance, ils savaient, mot pour mot, ce que Katz allait dire. Seul, le nom de l'arrivant changeait.

– Alors, les enfants, c'est bon le fricot?

« ... Oui, oui monsieur Katz, ne vous fatiguez pas... Merci, monsieur Katz..., une vraie bouillie pour les chats... »

Un grognement général fut la seule réponse.

– Parfait! Moi aussi, je me suis régalé. Voyez, je vous amène un nouveau camarade. Il s'appelle Jürgen-Joachim Jäger.

Trois J... Quelques rires étouffés fusèrent.

– Je viens d'avoir une petite conversation avec lui. Un gentil garçon, il me plaît et il vous plaira aussi, j'en suis sûr. Aidez-le à s'installer, qu'il se sente tout de suite chez lui, ici. Je compte sur vous, les anciens. Monsieur Hamel, vous avez certainement réservé une place à notre jeune ami. Ah oui! Je vois. Va t'asseoir là-bas, Jäger, et mange. L'estomac plein, le cœur à l'aise. Demain, nous nous reverrons. Allons, bonsoir les enfants. Bonsoir, monsieur Hamel. Je reste quelques instants encore dans mon bureau, au cas où vous auriez envie de consulter le dossier.

Sans bouger de sa place, M. Hamel se tourna vers Jochen :

– Assieds-toi et mange, dit-il d'une voix de tête qui s'accordait mal à sa carrure puissante. Dépêche-toi pour ne pas nous faire attendre. Barbet, tu t'en occuperas, je te le confie.

– Bien sûr, monsieur.

Un long blondin, efflanqué, aux cheveux trempés plaqués sur le crâne, repoussa du pied une chaise restée vacante.

– Viens, le nouveau. Installe-toi là.

Un hareng frit attendait dans l'assiette.

– Il y avait de la saucisse et du fromage aussi, expliqua-t-il. Mais il y a eu certainement des amateurs. Tant pis. Tu n'as pas faim, ce soir, n'est-ce pas? Au début, ça vous coupe toujours l'appétit. Tu ne mouilles pas ton lit, j'espère? Non. Alors, tu peux boire de la tisane, c'est bon pour la santé. Vas-y, qu'on en ait fini.

Jochen avala précipitamment quelques bouchées. Les autres, ils étaient trois, le regardaient.

– Ton nom? s'informa Barbet. Je n'ai pas bien entendu.

– Jürgen-Joachim Jäger; on m'appelle Jochen, tout simplement.

– Oh! là, là! Il y a déjà un Jürgen ici, un Achim et un Jochen aussi. Tu seras Jojo. Compris?

Va pour Jojo. Aucune importance, d'ailleurs. Les parents sont trop bêtes, vraiment. Pas fichus de vous donner un nom correct. Jürgen-Joachim Jäger! A la maison, tout le monde disait Jochen. Ici, ce serait Jojo. Pourquoi pas? Le grand maigre s'appelait bien Barbet. Il ressemblait à un caniche, d'ailleurs.

M. Hamel se leva et poussa sa chaise sous la table. Les garçons l'imitèrent bruyamment, et se tinrent debout derrière les dossiers.

— Qui est de service? s'informa l'éducateur.

Et, comme un gamin au crâne tondu avançait d'un pas :

— Terrier, encore toi! J'aurais dû m'en douter. La toile cirée colle de partout, c'est une honte. Un peu de soin, voyons. C'est aux petits détails que l'on reconnaît la valeur d'un homme. Bon! Vous êtes libres pour l'instant, allez vous amuser. Barbet, charge-toi du nouveau, mets-le au courant. Après quoi, tu me l'amèneras. Basset, c'est à toi de réciter les Grâces.

Un garçon qui répondait au nom d'Achim adressa une grimace expressive à son vis-à-vis. Celui-ci, baissant pieusement la tête, marmotta quelques paroles indistinctes au milieu d'un murmure général qui s'acheva par un « amen » retentissant.

— Viens, déclara Barbet, qu'on en finisse vite. J'ai autre chose à faire.

Il y avait peu à dire et à montrer. On descendait au sous-sol pour cirer ses souliers. Chacun avait son casier. A côté, les douches, les lavabos, les toilettes.

— Si tu es puni, on t'envoie frotter ici à t'en user les doigts.

Dans la grande salle du rez-de-chaussée, le nommé Terrier, au crâne lisse, frottait la table avec du sable. Deux garçons attendaient pour s'asseoir, un jeu de dames à la main. Une porte donnait sur l'escalier. Au premier, sur le palier, deux niches, l'une garnie de plantes vertes, des cactus, l'autre abritant un aquarium où nageaient, dans une eau verdâtre, quelques poissons multicolores. En face, des portes ouvrant sur les dortoirs.

Huit lits et, contre le mur, entre la porte et la fenêtre, huit petites armoires alignées, toutes pareilles. Sur chacune d'elles, soigneusement collées à la même hauteur, des images représentant des chiens de races diverses.

– Voilà la tienne, déclara Barbet, montrant une armoire ornée d'un superbe boxer. C'est comme ça qu'Hamel t'appellera : « Boxer ». Ça vaut mieux que « Barbet », tu sais. Là-bas, c'est ta couchette, celle d'en bas. Basset est au-dessus de toi, et moi je couche à droite. J'espère que tu ne racontes pas d'histoires en dormant et, si jamais tu ronfles, je t'assomme.

Les affaires de Jochen étaient étalées sur son lit. S'asseyant au bord de la couchette, il tira du tas son pantalon neuf, et fouilla dans l'une des poches. Le paquet de cigarettes avait disparu.

– Dis, Basset, tu montreras au nouveau comment ranger ses affaires dans son armoire. Moi, je me tire. J'ai quelque chose à voir du côté de la haie.

– D'accord! acquiesça le dénommé Basset sautant lourdement à bas de la couchette supérieure, tandis que Barbet fouillait fiévreusement dans son armoire puis disparaissait.

Revenant sur ses pas, il cria :

– Et puis, conduis-le chez Hamel qui veut le questionner.

Basset était, au centimètre près, de la même taille que Jochen, tout aussi mince, mais avec des cheveux blonds coupés court. Il toisa Jochen d'un air entendu :

– Tu vas pouvoir dire adieu à tes belles frisettes brunes, prophétisa-t-il. Il vaut mieux aller tout de suite chez Hamel, tu en seras plus vite débarrassé. Je t'aiderai ensuite pour que tout soit rangé dans ton armoire avant la douche.

Basset s'arrêta devant une porte, frappa et, sur un « entrez », poussa doucement Jochen dans le bureau de l'éducateur sans se montrer lui-même. Pour peu qu'Hamel s'aperçût que c'était lui et non Barbet qui pilotait le nouveau, ça ferait des histoires.

« Je finissais l'examen de son dossier quand ce Jürgen-Joachim Jäger est entré dans mon bureau. Autant que possible, j'étudie toujours le cas avant ce premier entretien. C'est recommandé d'ailleurs, et utile parfois. En général, cependant, je me fie plutôt à mon expérience. Vingt-deux ans de métier m'ont appris à juger, dès la première minute, ce que vaut un garçon et ce que l'on peut attendre de lui. J'en ai vu défiler des centaines et j'ai pu constater ce qu'il en était advenu.

« Les moins difficiles, au commencement, sont ceux qui nous viennent pour la première fois du dehors. Ils ne savent pas très bien ce qui leur arrive et attendent. Si, dès le début, on les prend fermement en main, ils restent souvent soumis, plutôt faciles, sans complications. Ceux qui ont passé par d'autres établissements sont plus durs à manier. Ils ont déjà ce regard en dessous qui cherche le point faible de l'éducateur. Mais, d'après certains signes, vous savez très vite à quoi vous en tenir. Un air buté, des lèvres serrées, indiquent un tempérament rebelle. Ceux-là, il faut immédiatement leur faire comprendre qu'ils n'ont aucune chance ici et qu'ils auraient tort de traduire leurs pensées en actes.

« Puis, il y a ceux qui, avec un sourire innocent, semblent vous écouter, se soumettre, et cherchent à se faire bien voir. D'un certain côté, ils sont plus faciles car ils vous renseignent. Grâce à eux, vous apprenez ce que vous n'auriez jamais soupçonné. Mais ils créent des troubles, car leurs camarades ne peuvent pas les souffrir. A tout prendre, ils sont aussi difficiles que les autres.

« C'est pourquoi il est bon de connaître leur dossier afin de juger, d'apprécier.

« Ce Jürgen-Joachim Jäger paraît être un de ces cas douteux que je n'aime pas, placé sous surveillance éducative par sa mère qui « n'en tirait plus rien ». Il serait d'ailleurs arrivé de toute façon chez nous, même sans l'accord maternel, un peu plus tard seulement, mais encore plus mal embarqué. Actes délictueux, dit le dossier. Mineur encore : treize ans et dix mois (1).

« Au premier coup d'œil, j'ai compris qu'il s'agissait d'un sujet particulièrement difficile, ceux qui font plutôt bonne impression au début. Bien vêtu, ce qui n'est pas toujours le cas pour les enfants qui viennent directement de chez eux, souliers cirés, un visage mince, bruni, avec de grands yeux noirs et des cheveux bouclés (trop longs, signe de faiblesse maternelle). Une tête de jeune tzigane, à tenter un peintre.

« Debout, il attendait, sans bouder, sans sourire. Poli, bien élevé. Quiconque manquant d'expérience eût été surpris de le trouver ici.

« Pas moi. J'avais étudié le dossier. Je le regardai longtemps, sans dire un mot. C'est une bonne entrée en matière : le garçon ne sait pas ce que je pense et ce long silence le trouble. En général, cela réussit.

« Enfin, j'entamai l'entretien :

« — Bonsoir, Boxer, ai-je dit. Je m'appelle Hamel et je suis l'éducateur chargé de ton groupe. J'espère que nous serons bons amis, l'avenir le dira. Bien sûr, tu n'es pas content d'être ici, et je le comprends. Mais c'est ainsi, et il est préférable de l'accepter. Plus tu te soumettras, plus vite tu rentreras chez toi. Le comprends-tu?

(1) En Allemagne, la loi fait une distinction entre la responsabilité pénale qui commence à 14 ans — de 14 ans à 18 ans — et le statut d'adulte à partir de 18 ans.

« Il a fait oui, de la tête.

« — Je ne suis pas un monstre, mais je tiens à l'ordre, à la discipline, à l'obéissance. Si tu l'admets dès aujourd'hui, il ne t'arrivera rien de désagréable. Sinon, tu te rendras la vie dure. A moi aussi, mais peu importe, j'ai l'habitude. Et puis, c'est moi qui commande. Tu ne peux rien contre moi, et moi tout contre toi. Je suis un vieux routier qui connaît toutes les ficelles, tu peux me croire. Bien souvent, je sais avant vous ce que vous avez en tête.

« Ta sortie dépend des avis que je donnerai. Penses-y et tu comprendras que la soumission est préférable à la révolte. Est-ce clair?

« Encore un signe de tête.

« — Tu es nouveau ici, les autres connaissent la maison depuis longtemps, des années parfois. Ils t'en raconteront de toutes les couleurs, mais il ne faut pas les croire. La plupart de ces garçons n'ouvrent la bouche que pour mentir. Ils t'expliqueront de long en large pourquoi ils sont là, et ce sera rarement la vérité. Les uns affirmeront qu'ils ne sont pas coupables, les autres se vanteront d'actes qu'ils n'auront pas commis. Personne ici n'est innocent, personne non plus n'est un criminel, et les voyous sont rares. Mais nul ne se trouve là sans raison, tu le sais par toi-même. Certains chercheront probablement à t'entraîner. Réfléchis. Je ne veux jamais savoir qui est vraiment l'instigateur. Celui qui est pris paie sans discussion. Tu as compris?

« — Oui.

« — Bien! Je suis ton éducateur, c'est-à-dire responsable de toi. Tu peux toujours venir me trouver si tu as des problèmes. Je suis là pour ça. Il faut avoir confiance en moi. Si tu remarques dans ton groupe quelque chose qui ne va pas, viens me le dire. Je verrai ainsi que je peux me fier à toi. Je n'aime pas pinailler mais il y a certains principes auxquels je tiens. Si tu voles ici, ça te coûtera cher, les autres te le feront payer, d'ailleurs. Je ne me mêle pas de vos affaires. Mais si tu ne me dis pas la vérité, nous ne pourrons pas nous entendre. Nous sommes bien d'accord, n'est-ce pas? Dans quelle classe es-tu?

« — En troisième.

« — Lycée ou cours secondaire?

« — Lycée.

« Je le craignais. Ceux qui ont poussé jusqu'à la troisième posent en général des problèmes. Ils se croient plus intelligents, supérieurs aux autres. Cependant, c'est parfois un stimulant pour le groupe. Ce Jürgen-Joachim rentrait bien dans la catégorie.

« — Bon! Tout est clair entre nous. Et maintenant, explique-moi ce qui t'a conduit ici?

« Je ne le quittais pas des yeux. Très rouge, les lèvres pincées, il fixait obstinément le bout de ses souliers.

« – Eh bien?

« – Ma mère voulait se débarrasser de moi. Elle m'a jeté dehors, tout simplement. Enfermé dans une maison de correction. C'est dégoûtant de sa part.

« – Mauvais début, Boxer, ai-je dit en hochant la tête. Très mauvais. Ce serait par la faute de ta mère que tu es ici? Je n'admets pas cette explication. Chacun est responsable de ses actes. Tu ne me raconteras pas d'histoires, mon petit. J'ai là ton dossier. Je sais ce que tu as fait, et un garçon qui est en troisième au lycée est parfaitement conscient des méfaits qu'il commet. Alors? Pourquoi es-tu ici, dis-le moi?

« – Parce que ma mère se fiche bien de ce qui peut m'arriver.

« Les yeux baissés, le front têtu, il répondait d'une voix dure.

« – Vraiment? Tu parles comme un voyou, et je te ferai perdre cette habitude. Mais, avant tout, je tiens absolument à ce que tu me dises toi-même ce que tu as fait pour avoir été conduit ici?

« Il fallait le dominer dès le premier soir. Briser sa résistance, sinon elle ne ferait qu'empirer.

« – Allons, parle.

« Pas de réponse.

« – J'attends!

« – Je suis ici parce que ma mère m'y a envoyé. Parce qu'elle n'est pas une vraie mère. Elle ne m'aime pas et ne veut plus de moi.

« – Suffit, Boxer.

« Je parlais d'une voix très calme, amicale même. Ce gamin n'allait pas me faire sortir de mes gonds!

« – Tu n'as pas besoin d'aller en classe dès

demain. Je te laisse le temps de la réflexion et tu vas m'écrire un devoir : « Pourquoi suis-je au Centre d'éducation surveillée? » Tu me le remettras demain soir, c'est compris? Va maintenant.

« Dès cet instant, j'ai senti que ce Jürgen-Joachim poserait de sérieux problèmes, et je me trompe rarement. Je les connais, ces gamins. Tous les mêmes, au fond. Tous. »

En silence, Jochen pivota sur ses talons et sortit. Que dire? Il ne pouvait pas, dès le premier soir, pleurnicher devant ce M. Hamel.

Pourquoi cet éducateur n'acceptait-il pas les explications de Jochen? C'était la vérité, la stricte vérité. Qui donc l'avait placé dans ce Centre, cette prison, bouclé dans une chambre avec sept autres garçons, comme une meute de chiens à dresser? Qui? Sa mère, et personne d'autre!

Ce que renfermait son dossier, Jochen le savait mieux que personne. C'était exact, certainement, sans exagération. Les faits étaient là, ils parlaient d'eux-mêmes. Mais les motifs! On peut se tromper sur les causes, se tromper entièrement. Et c'est terrible! Tout est déformé. Le dossier n'est plus que mensonges, tout en paraissant vrai, mot pour mot.

Quand Jochen revint, il n'y avait plus personne dans le dortoir. Il s'allongea sur son lit.

Une mère est là pour aider son fils quand

il s'est mis dans le pétrin. Oui, parfaitement. Il était coupable, d'accord. Très coupable même. Mais sa mère n'aurait pas dû le rejeter pour autant. C'était mal. Indigne même! Oui, indigne! Aussi injuste que cet autre soir, il y avait quelques semaines.

« — Penses-tu que j'accepterais d'avoir un voleur, un bandit pour fils? Pour que les gens me montrent du doigt et disent : « C'est la mère de ce voyou. » Non, Jochen, je refuse. Je n'attendrai pas qu'on me reproche d'avoir négligé les mesures à prendre. Oui, effectivement, je vais te mettre dans un endroit où tu seras surveillé, redressé, corrigé. Peut-être arriveront-ils à faire de toi un honnête homme. Moi, j'y renonce, mais je ne veux pas avoir de reproches à me faire plus tard. »

Chassé, jeté dehors comme un objet inutile, encombrant...

— Hé! Jojo, tu rêves? Tu vas nous coller des histoires, si tu es en retard. Vite, sors de tes frusques : culotte de gym, serviette autour du cou, ton savon à la main. A la douche, mon vieux, et au dodo après.

Jochen se déshabilla et se tint comme les autres, debout devant son armoire. M. Hamel entra pour les accompagner au sous-sol où se trouvaient les douches.

— Otez vos culottes.

Jochen était gêné, les autres semblaient trouver cela tout naturel.

— Donnez l'eau. Un bon savonnage. Vite! Frottez! A la douche, maintenant. Séchez.

Coupez l'eau, enfilez vos culottes, et hop, au lit!

Quelques minutes après, quand M. Hamel entra dans le dortoir, les huit garçons étaient couchés. L'éducateur n'était que sourires et bienveillance.

– Bonsoir, les enfants : Basset, Barbet, Cocker, Terrier... Boxer, pense à ton devoir pour demain, et dors bien. Bonne nuit, Griffon, Dogue, Lévrier. Et maintenant, plus un mot, pas même avec le nouveau. Je laisse la porte ouverte.

Obscurité. Silence. Les yeux s'accoutumant peu à peu à la nuit, Jochen vit une tête apparaître au bord de la couchette supérieure. Une main descendit vers lui :

– Dors bien, Jojo, murmura Basset d'une voix imperceptible.

Et ses doigts rencontrant ceux de Jochen les serrèrent amicalement. Puis, main et tête disparurent et, à nouveau, le silence régna. Seuls des souliers craquèrent quelques minutes encore sur le palier. On entendit le bruit d'une porte qui se refermait. Barbet se retourna dans son lit :

– Hé! Jojo! chuchota-t-il.

Jochen ne répondit pas, perdu dans ses pensées.

« Comment ai-je échoué ici? songeait-il. Comment tout cela a-t-il pu m'arriver? »

chapitre 2

POUR UNE CLÉ PERDUE

Le jour où, dans les buissons et le brouillard, il avait perdu sa clé, personne n'était là pour lui ouvrir la porte. Après avoir accroché son cartable à la poignée, il avait refait pas à pas le chemin parcouru, cherché partout, trouvé une petite pièce de monnaie, une balle percée, un vieux calepin déchiré, mais pas de clé. Au retour, la porte était toujours fermée. Il ne pouvait guère en être autrement à midi. Sa mère ne rentrait que le soir et son père n'avait pas reparu depuis deux ans.

Sur le réchaud, une poêle avec des pommes de terre coupées en morceaux, une tranche de lard et probablement un petit billet écrit à la hâte : « Casse un œuf sur le lard », ou encore : « Tu trouveras des harengs dans le frigo ». De quoi tenir jusqu'au soir. Mais aujourd'hui, la porte était close.

Avec la pièce trouvée, il avait acheté un petit pain et une barre de chocolat chez le boulanger, autant dire rien pour un jeune estomac qui criait famine.

Jochen n'avait jamais obtenu la permission de ramener des camarades chez lui. Il ne connaissait donc personne chez qui aller.

Assis sur l'escalier, il avait attendu. A quoi bon? De midi jusqu'au soir, c'était long!

Mme Hennings, qui habitait en face, ne dirait certainement pas non si Jochen lui demandait la permission d'attendre chez elle, mais, à tout prendre, on était encore mieux sur l'escalier. Cette voisine parlait sans arrêt. Elle le renverrait sûrement chercher la clé, l'accablerait de reproches et de conseils. Et puis, elle avait l'estomac malade, des digestions difficiles, et cela soulevait le cœur. Ses cajoleries étaient bonnes pour des gamincs de cinq ans, pas supportables pour un garçon de treize ans.

Brusquement, Jochen avait eu une idée et avait dévalé en hâte les escaliers. Pour peu qu'il flânât dans les rues, s'arrêtant aux vitrines et regardant les affiches des cinémas, il arriverait vers deux heures à la Maison des Jeunes. Un endroit où passer le temps, d'après ce que racontaient les copains. Jochen n'y était jamais entré. C'était trop loin de chez lui!

Le brouillard de novembre tombait en fines gouttelettes qui menaçaient de se transformer en neige, les vitrines elles-mêmes en étaient obscurcies et dépouillées de leurs attraits.

Il était deux heures moins quelques minutes quand Jochen s'était trouvé devant la porte vitrée de la Maison des Jeunes. A l'intérieur, une femme lavait le carrelage et, du geste, avait fait mine de le renvoyer, bien que la porte fût fermée.

A deux heures, un homme, clés en main, l'avait ouverte. Apercevant Jochen adossé au mur, il avait interrogé :

– Tu veux entrer?

– Hmm... oui, avait répondu Jochen.

– Tu n'as pas de chance aujourd'hui.

– Comment? Mais je ne peux pas rentrer chez moi, comprenez-vous. J'ai pensé que...

– En général, bien sûr, mon petit. Mais aujourd'hui, malheureusement, c'est fermé. Nous avons une réunion importante et nous ne pouvons recevoir personne. Reviens demain, nous serons heureux de t'accueillir. Les nouveaux venus sont toujours les bienvenus.

L'homme était entré, avait refermé la porte vitrée et, après un signe amical, avait disparu.

Où aller? Quatre longues heures à passer, rendues plus pénibles encore par ce brouillard humide qui transperçait les vêtements.

Le lierre trempé gouttait le long du mur, les autos éclaboussaient les passants au passage. Seul, le grand magasin était un point lumineux. Debout à l'entrée, au-dessus de la grille, Jochen avait senti une douce chaleur monter en lui, le seul moment agréable de la journée.

Des jeunes filles passaient, riant et bavardant; une grosse femme chargée de paquets avait ronchonné parce que Jochen gênait la sortie. Les portes vitrées étaient sans cesse en mouvement.

Jochen était entré. Il faisait clair et chaud. Des montagnes de lainages multicolores sur les étalages évoquaient l'hiver proche; des bonbons en libre service, des appareils photos, des jumelles...; une foule qui se pressait dans les allées, certains en vue d'un achat déterminé, d'autres qui hésitaient, flânaient, à moins qu'ils ne soient venus, comme Jochen, chercher ici un peu de lumière et de chaleur.

Sur l'escalier roulant, de longues files montaient aux étages supérieurs. Jochen avait suivi le mouvement. Premier, les tissus, articles de ménage, électricité, disques, jouets. Près de l'escalier, un employé, une liasse de papiers à la main, les feuilletait distraitement, sans perdre de vue deux ou trois garçons qui tournaient autour des jouets. Certains stands réclamaient une surveillance accrue.

Au troisième, les souliers, le mobilier et la cafétéria dont les parfums alléchants ravivaient ses tiraillements d'estomac.

Descente, toujours par l'escalier roulant. Au deuxième, l'homme feuilletait encore ses papiers, le regard fixé, cette fois, sur le rayon des transistors.

A nouveau, le rez-de-chaussée. Cette montagne de bonbons était fabuleuse. Combien y en avait-il? Dix mille? Davantage, sûrement. En sucer quelques-uns, ça aiderait, mais la piécette qui lui restait ne suffirait pas à un achat.

Retour sur l'escalier roulant. Jochen reconnaissait les silhouettes au passage, vendeurs qui allaient déjeuner ou en revenaient, écoliers ayant séché leurs cours, fillettes cherchant à attirer les regards. Sans en avoir l'air, elles remarquaient ce garçon planté sur l'escalier, à quelques marches derrière elles. Devant lui, un anorak vert pomme s'était retourné. « Jolies jambes cette petite! ». Un sourire éclairait le visage criblé de taches de rousseur. Jochen était devenu tout rouge car, précisément, il regardait ces jambes.

En haut! En bas!... En haut! En bas!

Le vendeur avait beau puiser dans la montagne de bonbons, elle ne diminuait pas; toujours dix mille au moins. Peut-être plus. Jochen palpait la petite pièce qui traînait au fond de sa poche. A deux francs les cent grammes, combien en aurait-on pour cinq centimes? Rien. Un bonbon à peine. Après tout, pourquoi pas?

Déposant la piécette sur le bord du comptoir, Jochen avait pris un bonbon, l'avait enfoui dans sa poche, reculé précipitamment et s'était éloigné. Mais un bonbon seul ne suffisait pas à apaiser les tiraillements d'un estomac vide.

Le rayon des disques était encombré. Sur une dizaine d'écrans, un ministre gesticulait. L'homme aux papiers épiait à présent le comptoir des autos-miniatures.

Au rez-de-chaussée, pas de surveillant, en tout cas pas du côté des bonbons. Deux francs les cent grammes..., cela ne valait pas la peine de s'en occuper.

La piécette gisait toujours sur le bord du comptoir. Payer de cette manière, cela ne se faisait pas, évidemment, mais on ne pouvait vraiment pas déranger une vendeuse pour un seul bonbon.

Personne ne s'en était aperçu.

Trois bonbons sur dix mille, autant dire rien. Et puis, ce n'était pas réellement un vol, du chapardage tout au plus, et la faim était une circonstance atténuante; le maître, l'autre jour en classe, l'avait expliqué. Cent grammes ou une demi-livre, oui ce serait un vol; mais quelques bonbons seulement....

– Tu m'en passes un?

Jochen s'était retourné avec un sursaut. Le garçon avait une tête de plus que lui. Plus âgé naturellement, de deux ou trois ans au moins.

– Tu dis?

– Je t'en demande un.

– De quoi?

– Un des bonbons que tu viens de chiper, pardi! Oh! Inutile de piquer un fard, je ne te donnerai pas. Passe m'en un et tout sera dit.

Jochen avait tiré un bonbon de sa poche pour le déposer dans la main tendue. Puis, se détournant, il était parti à grands pas. L'autre l'avait suivi :

– Ne file pas comme un lapin, voyons. On peut causer, non? Tu sais t'y prendre. Parole! Personne n'a rien vu..., sauf moi.

– Je m'en vais.

– Moi aussi.

Au-dehors, le brouillard s'était épaissi. Il

faisait encore plus froid après la chaleur du magasin. Jochen marchait vite, tête baissée, faisant mine d'ignorer le garçon à ses côtés.

– Cigarette?

Un paquet froissé avait dansé devant ses yeux. Jochen avait secoué la tête en signe de refus.

– Tu es trop petit encore, hein ?

Mortifié, Jochen avait accepté une cigarette et fait mine de chercher des allumettes dans ses poches.

Une flamme, provenant d'un briquet brillant comme de l'argent.

Surtout, éviter de tirer trop fort pour ne pas tousser. Inutile de s'éloigner, à présent. Cette cigarette créait une sorte de lien.

– Quel sale temps, aujourd'hui, avait enchaîné l'autre. On va boire un pot?

– Je n'ai pas d'argent.

– Aucune importance, j'en ai. Viens.

Dans le petit café, un seul client.

Le garçon s'était installé à une table, et avait fait signe à Jochen de s'asseoir.

– Patron, deux demis.

Celui-ci les avait servis immédiatement, et, la main tendue :

– Paie tout de suite, Axel.

– Tu as peur que je sois fauché?

– Ce qui est réglé est réglé.

Axel avait sorti son portefeuille et l'avait ouvert de manière à en montrer le contenu. Le patron avait pris le billet qui lui était tendu, puis il était revenu avec la monnaie.

– Tu as pillé une banque, non?

– Pas du tout. Un douze en latin seulement et mon père a arrosé l'événement.

La bière était glacée, amère aussi. Axel avait avalé une énorme lampée : « A la tienne, mon vieux! ». Jochen n'entendait pas être en reste. Après tout, ce n'était pas si mauvais. Déjà, Axel rappelait le patron :

– Remettez-nous ça.

La bière, au fond, ce n'était pas méchant. Le mois dernier, en excursion avec une troupe de jeunes, Jochen avait bu trois chopes coup sur coup et personne ne s'en était aperçu. Mais c'était après un solide repas. Tandis que ces deux bocks, avalés l'estomac vide, lui montaient à la tête. Il avait le vertige.

– Cigarette?

Quelques bouffées et tout tournait de plus en plus.

– Dis, tu es tout pâle. Tu ne te sens pas bien?

– Non, ce n'est rien. J'ai seulement faim. Je n'ai pas mangé depuis ce matin.

– Hé! Max, apporte une saucisse à mon copain.

Très chic, cet Axel! Bien sûr, il avait de l'argent, lui!

– Il faut que je rentre. Demain, tu es libre? A propos, comment t'appelles-tu?

– Jochen.

– Moi, Axel. A demain, alors. A trois heures devant l'escalier roulant. C'est plus amusant de se balader à deux que tout seul.

– A demain, et merci, Axel.
– Ça se retrouvera, ne t'en fais pas.

Cette clé perdue! Sa mère en avait fait tout un drame. A croire qu'elle était en or. En outre, elle avait senti l'odeur de la bière et du tabac. Une soirée pénible.

Depuis deux ans, sa mère avait bien changé. Avant, elle était calme, silencieuse, trop silencieuse même. Jochen en était peiné. Mais, à l'époque, elle était gentille. Jusqu'au soir où le père était revenu. Une atmosphère lourde de menace avait alors régné dans l'appartement.

Le divorce de ses parents avait été un choc, néanmoins. Ils avaient tenu Jochen à l'écart de leurs discussions, et il ne se doutait de rien. Et puis, un beau soir, comme il rentrait de l'école, sa mère lui avait expliqué que le père était parti définitivement. Cela ne changeait pas grand-chose, d'ailleurs, car depuis longtemps il n'était plus jamais là. Ils venaient de divorcer; le père habitait Stuttgart, maintenant. Jochen et sa mère allaient vivre ensemble tous les deux et tout irait bien, car Jochen était un grand garçon raisonnable. La vie deviendrait plus facile même, parce que la mère allait travailler, gagner de l'argent, et comme il n'y aurait plus personne pour le dépenser au café, ils seraient plus à l'aise.

C'était difficile à comprendre pour un gamin de onze ans, mais peu à peu, la situation était devenue plus claire. Le père ne manquait pas. Sa présence n'avait jamais apporté qu'angoisse et tension. Au fond, le divorce, c'était plutôt mieux.

Jochen couchait à présent dans la chambre de sa mère, et parfois, le soir, la lampe éteinte, ils causaient à voix basse. Parler dans l'obscurité, c'était tellement plus facile. La vie, somme toute, était meilleure.

La première année, tout au moins.

Peu à peu, la situation s'était dégradée. La mère travaillait trop, peut-être. Partie dès le matin, en même temps que Jochen, elle ne rentrait pas avant le soir. Il y avait alors le ménage, et le dîner à préparer. Visiblement, elle n'en pouvait plus; Jochen lui-même s'en rendait compte. Il cherchait à l'aider de son mieux, ce qui parfois lui rapportait un petit sourire, bien mince. Mais cela ne durait pas. La mère n'était plus jamais contente, la plus légère sottise provoquait un accès de colère. Aider et participer devenait de plus en plus pénible, à Jochen, qui chaque fois qu'il en trouvait l'occasion, désertait la maison.

Les causeries dans le noir se faisaient de plus en plus rares; elles prirent définitivement fin le jour où la mère décida que Jochen serait mieux dans son ancienne petite chambre. Pour la première fois, Jochen s'était senti blessé au cœur. Sa mère ne le voulait plus auprès d'elle.

Et pourtant! Pas désagréable de pouvoir se retirer seul, chez soi. Un garçon a besoin d'un coin tranquille à lui, et ne raconte pas tout à sa mère.

Le dialogue était rompu.

Parfois, sa mère ramenait une connaissance. Large d'épaules, bedonnant, son rire bruyant et satisfait avait quelque chose de menaçant. Au début, il apportait souvent une gâterie à Jochen, une plaquette de chocolat, quelques bonbons, du chewing-gum. « Les petits cadeaux entretiennent l'amitié », disait-il. C'étaient en vérité de très petits cadeaux pour lui qui possédait un magasin d'alimentation et n'avait ni femme, ni enfant.

Ses visites étaient courtes, sauf les soirs où elles se prolongeaient bien après que Jochen fût allé se coucher.

Puis la mère avait quitté son travail pour entrer comme vendeuse au service de ce M. Möller. Elle l'appelait Albert, maintenant, et rentrait de plus en plus tard le soir.

A présent, les repas étaient meilleurs, plus abondants, mais Jochen ne pouvait pas souffrir cet Albert Möller. C'était un intrus, et la mère lui réservait tous ses sourires. Il n'en restait plus pour Jochen. Un enfant a froid qui n'a jamais un sourire pour le réchauffer.

Axel souriait. On pouvait parler avec lui, il avait le temps. Péremptoire, assuré, il trouvait réponse à tout. A seize ans, il n'était pas tout à fait un homme, mais presque.

Il traitait Jochen d'égal à égal. En outre, il avait très souvent de l'argent et n'était pas avare. Une vraie chance d'avoir Axel pour ami.

Les quatre ou cinq jours suivants, Jochen, durant toute la matinée au lycée, s'était réjoui à la pensée de retrouver Axel l'après-midi, toujours au pied de l'escalier roulant. Et puis, un jour, Axel avait dit :

– Aujourd'hui, je suis à sec. Tu ne pourrais pas me payer un paquet de cigarettes, une fois en passant?

Jochen était devenu tout rouge :

– Je... je n'ai pas d'argent, tu sais. Impossible de rien tirer de ma mère. Elle dit toujours : « Tu as ce qu'il te faut, tu n'as pas besoin d'argent de poche pour faire des bêtises. »

Axel avait hoché la tête :

– Chez moi, c'est tout le contraire. De l'argent, j'en ai; on m'en donne et comme ça, après, plus besoin de s'occuper de moi. Mais aujourd'hui, je suis un peu juste. Écoute, j'ai toujours payé pour toi, ce serait vraiment ton tour.

Jochen s'était senti profondément malheureux, humilié. Axel avait raison, c'était toujours lui qui payait.

– Tu sais t'y prendre, je t'ai vu à l'œuvre aux bonbons. Allons, on y va?

Devant le comptoir des cigarettes, Axel s'était fait montrer des briquets par la vendeuse. Il les manipulait, les soupesait, les essayait, retenant ainsi l'attention de la jeune fille. Quand, enfin, il s'était éloigné avec un sourire d'excuse, deux paquets de cigarettes gonflaient la poche de Jochen.

– Bravo, mon vieux! Tu es un as.

Jochen haletait, le cœur battant.

– J'ai eu peur, tu ne peux pas savoir! Si quelqu'un m'avait vu...

Du geste, Axel avait écarté la discussion :

– Et après? Tu n'as pas quatorze ans. Alors, tu n'es pas responsable. D'ailleurs, mon paternel est avocat; il arrangerait l'affaire, je te le garantis. Il ne pourrait pas se permettre de voir son fils mêlé à une histoire de ce genre.

Les remords s'en étaient allés en fumée. Axel était visiblement satisfait. L'approbation du grand camarade valait bien quelques angoisses.

Jochen, cependant, avait eu un cauchemar la nuit. Il descendait sur l'escalier roulant. Et soudain, il avait vu, en bas, l'inspecteur avec les papiers, qui l'attendait. Jochen s'était retourné pour tenter de remonter, mais les marches venaient à lui et entravaient sa fuite. D'autres gens aussi lui barraient le passage. Il n'avançait pas, ses pieds étaient comme cloués à la marche, et l'homme aux registres le guettait avec un sourire entendu. « On t'a, mon petit, tu n'en sortiras pas. » Puis, le sourire s'était mué en un rire menaçant, celui d'Albert Möller. La foule, massée, regardait Jochen. Axel était parmi les curieux, une cigarette à la bouche. Il jouait avec un briquet d'argent et disait : « Qui donc est celui-là? »

chapitre 3

– Qui est celui-là?

Jochen cligna des yeux : le visage qui se penchait vers lui n'était pas celui d'Axel. Jeune, certes, mais plus âgé; la barbiche rousse qui cachait le menton et les lunettes aux verres sans monture lui étaient inconnues.

La tête blonde de Basset apparut à côté de celle du rouquin :

– C'est le nouveau, Jürgen-Joachim Jäger; Boxer pour Hamel et Jojo pour nous.

– Ce n'est pas un nom, mais un carnet d'adresses, déclara la barbe rousse. Debout Jojo, vite, tu es en retard. Tu n'as pas entendu le réveil?

Mal réveillé, Jochen secoua la tête.

– Je suis Fred Winkelmann, le stagiaire chargé de vous surveiller, mais tu n'as pas besoin de t'en souvenir. Ici, ils m'appellent tous Barberousse. Sur ce, dépêche-toi, si tu ne veux pas que les autres avalent ton déjeuner. Sven, tu t'occupes de lui.

Basset acquiesça. Il se nommait donc Sven? Curieux! Non, évidemment, les autres aussi avaient un nom à eux.

– Au lavabo. Presto! N'oublie pas ta brosse à dents. Les dents, c'est la manie de Barberousse. Mais c'est un chic type. Si on n'avait affaire qu'à lui!... Pas comme Hamel. Malheureusement, les stagiaires ne restent pas longtemps. Quelques semaines et ils s'en vont ailleurs. N'ont rien à dire, pas même le droit de donner leur avis. Eh bien! Qu'attends-tu? Debout.

D'un geste brusque, Sven arracha draps et couverture.

En bas, aux lavabos, parmi le tumulte général, Barberousse surveillait la toilette des garçons qui riaient, parlaient, se bousculaient, s'arrosaient. L'ambiance était tout autre que celle de la veille, aux douches.

Le petit déjeuner aussi était plus gai; les conversations s'entrecroisaient, les rires fusaient, un peu comme l'an dernier le jour de la grande excursion de l'école. M. Kremer, le professeur, bien plus vieux que Barberousse, avait paru rajeuni de dix ans.

Mieux valait ne pas penser à M. Kremer, ni à la classe.

Le déjeuner achevé, les garçons s'emparèrent de leurs cartables et partirent pour l'école. Jochen resta seul. C'était samedi et M. Katz avait estimé qu'il était inutile de débuter en fin de semaine. Il serait bien temps lundi.

M. Katz avait certainement cru agir pour le mieux et faire preuve de compréhension, mais il se trompait. Seul, on avait davantage le temps de réfléchir. La chambre était vide, silencieuse, les lits aux draps bien tirés, paraissaient morts. Difficile d'imaginer que deux heures auparavant, des garçons y avaient dormi. Seul, Jochen n'eût jamais réussi à faire le sien au carré si Basset ne l'avait aidé. Certes, M. Hamel avait chargé Barbet de piloter Jochen, mais celui-ci avait volontiers cédé ce rôle à Basset.

Jochen se planta devant l'aquarium. Jolis, ces poissons; ils happaient la nourriture que Cocker leur avait jetée avant de partir. Très jolis, vraiment, mais prisonniers eux aussi. Le savaient-ils? Ils n'avaient probablement jamais rien connu d'autre. Étaient-ils heureux, dans leur aquarium?

Les autres garçons se trouvaient-ils bien ici? Il faudrait le leur demander.

Barberousse survint comme Jochen contemplait les images de chiens collées sur les armoires.

– M. Hamel est de sortie, aujourd'hui, expliqua-t-il, mais il m'a laissé une note pour me recommander de te rappeler le devoir que tu dois lui remettre : « Pourquoi suis-je ici? »

– Je le lui ai dit hier. Ce n'est pas la peine de l'écrire.

Barberousse prit un air méditatif :

– Hum! La question peut se poser. Écoute..., à propos, comment t'appelles-tu?

Je n'ai pas la mémoire des noms, vois-tu.

— Je ne sais pas.

— Tu ne sais pas quoi?

— Comment je m'appelle pour vous. En réalité, je suis Jürgen-Joachim Jäger, à la maison Jochen, ici Jojo et Boxer pour M. Hamel.

— Tu peux rayer Boxer de la liste, en ce qui me concerne. Bon! Vois-tu, Jochen, je crois que tu ferais mieux d'écrire ce devoir. Premièrement, réfléchir à une question n'a jamais fait de mal à personne. Deuxièmement, ce n'est pas malin de t'opposer dès le début à ton éducateur, et enfin, troisièmement, tu as du temps devant toi aujourd'hui, il me semble.

— Je n'écrirai pas ce devoir.

— Hum!

Un silence :

— Je ne vois vraiment pas comment je pourrais t'y obliger, mais j'aurai des ennuis ce soir avec M. Hamel. Il me reprochera de ne pas m'être occupé de toi. Réfléchis, Jochen, et, si tu te décides, viens me trouver au bureau, je te donnerai du papier et un crayon. D'accord?

Perplexe et déconcerté, Jochen regarda le jeune stagiaire. Comment s'entêter en face de quelqu'un d'aussi conciliant? Et pourquoi lui causer des difficultés avec cet Hamel? Bon! Va pour le devoir.

Muni de deux feuillets et d'un crayon-bille, Jochen s'installa devant une table. Le sujet du devoir s'inscrivait en une ronde impeccable au début de la page blanche.

Que dire?

Deux heures pour quelques lignes qui, visiblement, n'étaient pas celles qu'attendait Barberousse qui, après avoir hoché la tête, les relut en marmottant. Puis, tout haut :

Pourquoi suis-je ici?

Parce que ma mère l'a voulu. Elle a dit qu'elle ne venait plus à bout de moi, que j'étais un voyou. Et les voisins ne devaient pas aller raconter partout que c'était de sa faute, qu'elle ne faisait pas pour moi ce qu'il fallait. Ici, on fera peut-être quelque chose de moi. Ma mère ne veut plus me voir. Elle aime mieux rester seule avec son patron, M. Möller. Elle veut se débarrasser de moi.

— Un peu court, Jochen, tu ne trouves pas?

— C'est tout.

— Hum!

Les « hums » de Barberousse étaient des invites à la réflexion. Au bout d'un instant, il reprit, avec une légère hésitation :

— Vois-tu, j'ai jeté un coup d'œil sur ton dossier, tout à l'heure, et il en dit un peu plus que toi. Honnêtement, tu ne penses pas qu'il y a aussi de ta faute, dans tout cela?

Jochen jouait avec son crayon :

— Axel était avec moi..., chaque fois. Et il n'est pas ici, lui.

— Qui est Axel? Je n'ai pas vu ce nom dans ton dossier.

— Je n'allais pas le vendre, tiens!

— Hum!

Hochement de tête dubitatif.

– Sans parler d'Axel, tu es coupable quand même. Et tu en subis les conséquences, pas vrai? Qu'il s'en soit tiré et toi pas, peu importe. Axel a eu de la veine, c'est tout. Si on peut appeler ça de la veine. Mais c'est une autre question et j'ai mon opinion là-dessus. En vouloir à ta mère de ce qui t'arrive, je ne suis pas d'accord. A ton avis, chacun est-il, oui ou non, responsable de ses actes?

Sans répondre, Jochen reprit sa feuille des mains de Barberousse et griffonna quelques mots au bas de la page :

Et aussi parce que j'ai volé.

C'était, pour ainsi dire illisible, comme un murmure s'échappant de lèvres closes. Barberousse, néanmoins, parut avoir compris. Il lut la phrase et, sans commentaires, déposa avec un soupir, le devoir sur le bureau de l'éducateur.

– Que s'est-il passé avec Axel? demanda-t-il ensuite. Veux-tu me parler de lui?

Jochen secoua négativement la tête.

Pourquoi parler d'Axel, alors qu'il avait gardé le silence à la police? Ce qui s'était passé avec Axel ne regardait personne.

Après avoir volé ses premières cigarettes, Jochen s'était senti troublé, mais cela n'avait guère duré. Quand il avait retrouvé Axel au pied de l'escalier roulant, celui-ci avait de nouveau de l'argent et il n'avait plus été question de la veille. Les jours suivants non plus. Toute la semaine. Et puis, ils avaient rencontré Elvire.

Sur l'escalier roulant, elle avait attiré leur attention. Axel avait poussé Jochen du coude pour lui montrer, devant eux, sur une marche, un pantalon rose étroit et un pull bleu-ciel.

— Pas mal la petite, hein?

Jochen avait acquiescé d'un signe de tête et, au premier étage, ils avaient dépassé la fille pour la voir de face.

Jolie? Jochen n'aurait su le dire. Trop de couleurs. Un rouge à lèvres agressif, des paupières bleues et de longs cils noirs, sous des cheveux blond pâle. Un joli visage, peut-être, qui plaisait visiblement à Axel; il devait avoir raison.

La fille avait un an de moins qu'Axel et pas tout à fait un de plus que Jochen. Elle avait remarqué ces garçons qui la suivaient. Après s'être retournée plusieurs fois, elle avait adressé à Axel un sourire accompagné d'un clin d'œil. Puis, se dirigeant vers le rayon des disques, elle s'était assise sur un tabouret. Axel avait fait signe à Jochen, et ils s'étaient à leur tour installés près de la fille, un de chaque côté.

Elle avait quinze ans et s'appelait Elvire. Jochen, à son tour, la trouvait agréable à regarder, une voix douce. Une demi-heure après, ils étaient attablés tous trois au café, chez Max, fumant et buvant du coca-cola. Elvire n'aimait pas la bière. Elle n'avait pas protesté quand Axel avait passé un bras autour de sa taille. Jamais Jochen n'aurait eu cette audace. Un peu plus tard, comme il se levait pour aller aux toilettes, Axel l'avait rejoint :

– Dis, Jochen, veux-tu me faire plaisir?

– Quoi?

– Va-t'en. Trouve un prétexte. Laisse-nous. Je voudrais rester un moment seul avec elle. Une occasion pareille, ça ne se rencontre pas tous les jours...

– Tu crois? Bon! avait coupé Jochen blessé.

– Fais pas l'imbécile, voyons. On se retrouvera demain. Je demanderai à Elvire si elle n'a pas une copine. Comme ça, on aurait chacun la nôtre. D'accord?

– Inutile, je voulais m'en aller, d'ailleurs, avait déclaré Jochen sans cacher son amertume.

Axel avait fait celui qui ne comprenait pas. Elvire, au contraire, avait paru déçue et suivi longuement Jochen des yeux, ce qui n'avait pas contribué à l'apaiser.

Le soir, en faisant sa toilette, Jochen s'était minutieusement examiné devant la glace. Somme toute, ce qu'il voyait lui plaisait assez. Il n'était pas plus mal qu'Axel, après tout. Des cheveux bouclés encadraient joliment un visage légèrement hâlé et les deux fossettes que creusaient son sourire n'étaient pas sans attraits. Demain, il ne se laisserait pas chasser par Axel, en présence d'Elvire. Si toutefois elle venait.

Elle était là et son sourire d'accueil semblait plus franc que celui d'Axel. Agréable de se sentir apprécié par une fille d'un an plus âgée, mais un peu surprenant qu'Axel n'ait rien trouvé à redire.

Ils avaient tous trois erré et flâné à travers le magasin. Elvire était tombée en arrêt devant l'étalage des articles de fantaisie. Fouillant dans l'amas de chaînes et de colliers, elle en avait extrait un mince cordon de perles multicolores.

— Joli, n'est-ce pas? Ça fait bien sur mon pull bleu!

Quand elle avait poursuivi son chemin, Jochen était resté en arrière et, peu après, alors qu'installés chez Max, ils buvaient leur coca-cola, il avait lancé le collier sur la table.

— Tiens, c'est pour toi.

Elvire avait ouvert de grands yeux innocents :

— Où as-tu pris ça?

— Ils en ont tellement qu'ils les donnent pour rien... ou presque.

— Comment?

— Puisqu'il te plaît, garde-le.

Ravie, Elvire avait aussitôt passé le collier autour de son cou, et sa main s'était peu à peu rapprochée de celle de Jochen, jusqu'à la caresser doucement.

Les jours suivants, Axel, sans manifester

aucune jalousie, s'était contenté du second rôle. Avec un sourire complice, il jouait en quelque sorte les chaperons, se sachant accepté tant qu'il réglait les dépenses.

Quel changement dans la vie de Jochen! Ses après-midi étaient à présent, plus que remplis. Seule, l'obligation d'être rentré avant le retour de sa mère, le soir, le ramenait à la maison. La soirée était consacrée à bâcler les devoirs indispensables. M. Kremer, le professeur, en avait à maintes reprises fait l'observation, mais comme Jochen, bon élève jusque-là, avait le travail facile, cela n'allait pas plus loin.

Jochen ne se sentait plus seul. Il avait un ami, un vrai, et surtout une amie. Il était heureux. Elvire aussi. Un jour seulement, alors qu'ils déambulaient le long des rues, ils avaient croisé un autre couple et découvert ce qui leur manquait. Le garçon et sa petite amie tenaient à la main un petit transistor.

– Voilà ce qu'il nous faudrait, avait dit Elvire. Un peu de musique, c'est amusant.

Et Jochen avait eu l'impression que, tout en parlant, elle le regardait avec insistance.

Le lendemain, il était arrivé au magasin avant l'heure habituelle. Il s'était promené devant le comptoir des disques, radios, télévisions, et avait repéré l'appareil qui lui convenait.

Il s'agissait de bien choisir son moment. Peu de monde à ce rayon, les vendeurs libres avaient l'œil partout. Jochen, planté devant un tourne-disque, avait fait mine d'écouter un air, tout en surveillant les environs. L'un des employés, après avoir échangé quelques mots avec son collègue, s'était dirigé vers l'escalier roulant et avait disparu. Presque aussitôt, une vieille dame avait demandé à voir divers appareils de télévision et retenu ainsi l'attention du vendeur restant.

C'était le moment, l'occasion se présentait.

Sans en avoir l'air, Jochen se rapprochait de l'étalage des transistors quand une main s'était posée sur son épaule.

Il avait sursauté, effaré.

— Eh là! Qu'as-tu? Pourquoi cette frousse? avait dit Axel d'un ton moqueur.

Jochen, soulagé, avait cligné de l'œil :

— Dis, Axel, fais attention, veux-tu. J'ai quelque chose en vue pour nous. Tiens-toi entre le vendeur et moi, pour qu'il ne me voie pas. Je vais nous procurer un peu de musique.

— Mon vieux, tu as du cran, mais méfie-toi! avait murmuré Axel en hochant la tête.

Cependant, se rapprochant d'un casier de disques, il avait examiné quelques titres. Jochen, d'un rapide coup d'œil, avait alors constaté que son camarade s'était habilement posté entre le vendeur et lui.

Vite, allonger le bras. Le transistor était petit, facile à dissimuler sous un anorak. Et maintenant, l'escalier. Descendre le plus rapidement possible. Au rez-de-chaussée, il n'y aurait plus de danger.

— Un instant, mon garçon!

Cette fois, ce n'était pas Axel. Jochen avait tenté de se dégager, mais l'homme, qui ne semblait pas appartenir au personnel de l'établissement, le tenait solidement au collet.

– Pas d'histoires, petit. Suis-moi sans discuter, ça vaudra mieux.

Affolé, Jochen avait regardé autour de lui. Un second homme, debout auprès d'Axel, lui tenait le même langage.

Les pensées se bousculaient fiévreusement dans la tête de Jochen comme il franchissait les quelques mètres qui le séparaient d'une petite porte latérale. Que dire? Comment expliquer, se défendre? Au dernier moment, avant de franchir la petite porte, Jochen avait eu le temps d'apercevoir Elvire qui arrivait sans se douter de rien.

D'un coup d'œil, elle avait embrassé la scène, compris instantanément et, après un sursaut, s'était éclipsée sans demander son reste.

Le transistor était là, sur le bureau, devant Axel et Jochen. En face d'eux, l'un des hommes. L'autre s'était placé devant la porte.

– Que me voulez-vous? Je ne suis pas coupable, avait protesté Axel d'une voix incertaine.

– Tu faisais le guet, mon garçon. On vous a bien observés, figure-toi! Tous les deux de mèche, hein?

Jochen avait secoué la tête :

– Je ne le connais pas.

L'homme devant son bureau, avait eu un

sourire amusé. Chaque jour, il avait à s'occuper de cas semblables, et cela ne le touchait plus. Il était payé pour ce travail de surveillance; s'énerver ne lui rapportait pas un sou de plus.

— Je connais la chanson, mon petit. Vous n'êtes pas les premiers à passer ici.

— Nous avons échangé quelques mots, avait repris Axel, c'est vrai. Il m'a demandé l'heure, rien de plus.

— Exact, avait approuvé Jochen, je ne le connais pas. J'ai pris le truc qui est là, c'est juste, mais lui n'y est pour rien. Sans quoi, je vous le dirais.

— Ton nom? avait demandé à Axel l'homme qui gardait la porte.

— Axel Gernau. Mon père est avocat : maître Gernau.

— Hum!

Les deux hommes avaient échangé un regard.

— Tu prétends ne pas connaître ce gamin, et tu affirmes n'avoir pris aucune part à ce vol?

— Oui, je l'affirme.

— Et toi, le petit, tu es d'accord?

Jochen avait acquiescé d'un signe de tête.

Un instant de réflexion, puis celui qui paraissait être le chef, avait pris sa décision :

— Bon! Ça va, tu peux t'en aller, Axel. Après tout, vous dites peut-être la vérité. De toute façon, c'est l'autre qui a volé. Mais si jamais tu reviens ici, on t'aura à l'œil.

Axel avait souri et, son assurance habituelle reprenant le dessus :

– Chacun peut se tromper, avait-il conclu. Ne soyez pas trop méchants. Il avait tellement envie d'un transistor, ce pauvre gosse, et ses parents n'ont peut-être pas de quoi lui en acheter un...

Et, avec un signe de tête encourageant à Jochen :

– Bonne chance, petit, tu t'en sortiras.

Axel parti, Jochen s'était senti soulagé, encouragé même, comme après un demi-succès.

– Et toi, comment t'appelles-tu?

– Jürgen Meier.

– Meier? Hum! Ecoute, c'est la vérité peut-être, Meier est un nom répandu. Mais, vois-tu, la plupart des gamins que nous attrapons s'appellent au début Meier, Müller ou Schulz. Après, cela change, ils se souviennent tout à coup de leur vrai nom. Déboutonne ton anorak.

Jochen avait obéi, et l'homme aussitôt s'était emparé du carnet de textes glissé dans la poche intérieure.

– Tiens, ici je vois inscrit : Jürgen-Joachim Jäger?

– C'est un de mes amis.

– Pas possible. Eh bien! Le pauvre! Il ne sait pas ce qui l'attend tout à l'heure. Ecoute, mon garçon, je veux bien oublier les salades que tu m'as racontées, à condition que tu me dises clairement et franchement quel est ton vrai nom.

– Jochen Jäger.

– Là, tu vois, cette fois je te crois sur parole. Que fait ton père?

– Employé dans une maison de commerce. Mes parents ont divorcé; mon père habite Stuttgart et je vis avec ma mère.

– Je comprends...

L'homme paraissait perplexe :

– Quel âge as-tu?

– Treize ans.

– Tu es grand pour ton âge, ce ne serait pas quatorze ans, plutôt?

– Non, treize ans et demi.

– Où peut-on trouver ta mère?

Impossible de se dérober. Jochen avait donné l'adresse et le numéro de téléphone de la maison Möller. L'homme assis à son bureau, avait pris note, tandis que son collègue intervenait :

– A quoi as-tu pensé, mon petit? Tu es assez grand pourtant pour savoir qu'on ne doit pas voler. Si tout le monde en faisait autant, où irions-nous? Si vraiment tu n'as pas quatorze ans, tant mieux pour toi, tu ne passeras pas en correctionnelle. Nous verrons cela avec ta mère.

Il prenait le téléphone, quand Jochen l'avait arrêté, épouvanté :

– N'appelez pas ma mère, s'il vous plaît. Je

vous en supplie. Jamais plus je ne recommencerai, je le promets. Parole d'honneur.

L'homme, la main sur l'appareil, s'était retourné :

– Tu as peur, maintenant. Il fallait réfléchir avant, mon petit ami. Nous avons des ordres, comprends-tu, et nous devons les respecter. Avant tout, nous allons parler à ta mère, et si, par hasard, tu avais plus de quatorze ans, nous serions obligés d'avertir la police. Si tu dis vrai, on te rendra à ta mère. A elle de s'occuper de toi.

– Mais vous avez repris le transistor. Vous n'avez rien perdu.

– Exact, mon petit. C'est toi le perdant. Pas nous. Nous ne pouvons pas te laisser partir tout simplement. Ne me regarde pas avec cet œil noir, je n'ai rien contre toi. Tu as commis une grosse sottise, c'est vrai et tu n'es pas le premier. D'autres, plus vieux et plus avisés que toi, en ont fait autant. Mais si nous te laissons courir, tu ne seras pas plutôt dehors quc tu relèveras le nez, tu penseras : « Après tout, ça n'était pas si terrible ». Et tu recommenceras. On ne se fait pas prendre à chaque coup. Bien sûr, un petit transistor, ça n'est pas grand-chose, mais nous sommes moralement tenus d'avertir ta mère pour qu'elle te surveillle. Ce n'est pas une question d'argent, quelques centaines de francs de plus ou de moins, il s'agit de toi, de ton avenir. Tu nous remercieras plus tard.

Jochen n'avait pas répondu, et l'homme, au téléphone, avait composé le numéro.

– Pourrais-je parler à Mme Jäger, je vous prie. Oui, j'attends.

Jochen s'était bouché les oreilles pour ne rien entendre.

– Ta mère sera là dans dix minutes.

Pour ces deux hommes, le cas était réglé. Pas méchants, ils faisaient leur travail correctement – un travail pas très agréable –, sans s'émouvoir ni s'indigner.

En présence de la mère non plus, ils ne s'étaient pas perdus en de longs discours. Jochen l'avait regardée d'un air suppliant. Puis, lisant l'incrédulité sur son visage, il avait baissé les yeux et l'avait suivie sans rien dire.

L'un des hommes leur avait poliment ouvert la porte et, posant la main sur l'épaule de Jochen, avait conclu :

– J'espère que nous ne te reverrons plus jamais, mon petit, n'est-ce pas? Ce n'est pas ton genre, tu as l'air d'un gentil garçon...

La mère n'avait pas prononcé une parole, ni sur l'escalier roulant, ni jusqu'à la sortie du magasin. Rien.

Dans la rue, à quelques pas, Axel attendait. Au passage, il avait adressé à Jochen un signe de tête imperceptible, mais Jochen avait compris. Une manière d'excuse en quelquc sorte.

– Il faut que je retourne au magasin, avait dit la mère. Attends-moi à la maison!

Pas un mot de plus.

Elle jugeait, sans vouloir l'entendre. Ni malheureuse, ni attristée. Froide seulement, et calme. Sans même se retourner, elle avait poursuivi son chemin.

Jochen s'était retrouvé seul à la maison. Il avait cherché asile et protection dans ses livres et ses cahiers, mais livres et cahiers n'empêchaient pas de penser.

Souvent, ces derniers mois, il y avait eu des heurts entre Jochen et sa mère, surtout depuis qu'Albert Möller fréquentait la maison. En général, il s'agissait de bricoles, mais sa mère se fâchait tout de suite. Cela ne durait pas, une flambée de colère, Jochen n'écoutait même plus. Le jour où il avait perdu sa clé, le mois dernier, la mère avait crié davantage lui reprochant de n'être pas venu au magasin lui demander la sienne. Il n'y avait pas même songé, sachant qu'elle n'aimait pas le voir chez M. Möller.

Mais, aujourd'hui, pas de reproches, pas d'éclat, alors qu'il y avait vraiment de quoi se mettre en colère, de pleurer même. Cette fois, Jochen aurait écouté sans protester, et il aurait accepté tout ce que la mère aurait pu dire. C'était mérité. Oui, il avait volé, commis un délit. Pas seulement un poignée de bonbons pour calmer sa faim. Le collier d'Elvire... non, cela avait commencé avec les cigarettes pour Axel. Et maintenant...

La mère aurait pu dire n'importe quoi. Mais, pas ce silence!

Car, dans ce cas, rien ne pouvait être expliqué, avoué, pardonné.

La mère gardait tout pour elle. Jamais, avant le divorce, Jochen n'avait soupçonné la mésentente de ses parents. Surtout, ne jamais attirer l'attention des voisins sur elle ou sur son fils. Son fils qui était un voleur!

Que se passerait-il, ce soir?

Ainsi, lié à la présence de sa mère, Jochen pour la première fois avait éprouvé un sentiment nouveau : l'angoisse.

Trois longues heures encore avant le soir. Cette attente était intolérable. Non, il ne devait plus être là quand la mère rentrerait. Elle avait trop pris sur elle. Et si, ce soir, elle ne le trouvait pas?

Jochen avait arraché une feuille de son cahier et griffonné :

Je pars et je ne reviendrai jamais.

Il avait déposé ce billet sur ses livres, puis, sur le point de sortir, il était revenu sur ses pas. La mère ne le remarquerait pas tout de suite. Elle entrait toujours dans la cuisine en premier. Jochen plaça le papier sur le réchaud, elle ne pouvait manquer de le voir aussitôt. Ainsi saurait-elle immédiatement que Jochen était parti, qu'il n'était plus question de se fâcher, ni de se lamenter sur ce qu'il avait fait. Parce qu'il ne serait plus là!

Cela suffirait-il à calmer sa colère? Peut-être se ferait-elle tout de même un peu de souci au sujet de Jochen. A moins qu'elle ne soit contente d'en être débarrassée, de ne plus avoir à s'occuper d'un garçon qui la gênait et qui, en outre, était un voleur!

Dans la rue, il faisait presque nuit. Il faisait froid aussi.

Où aller?

Partir, s'enfuir, c'était facile à dire.

Axel l'aiderait. Axel était un ami. N'avait-il pas, tout à l'heure, fait signe à Jochen qu'il pouvait compter sur lui? Axel était sûr et débrouillard. Il saurait comment s'en tirer.

Une femme avait répondu au coup de sonnette de Jochen. Du geste, elle lui avait indiqué une porte, au fond de l'appartement.

Axel avait sursauté en voyant entrer Jochen qui, jamais encore, n'était venu chez lui. La porte à peine refermée, il avait interrogé, non sans inquiétude :

– Tu m'as vendu?

Jochen, déçu, avait secoué la tête :

– Quelle idée! Tu n'as rien fait, tu n'es pas coupable. Pourquoi aurais-je parlé de toi?

Axel alors s'était levé, la main tendue :

– C'est chic de venir me voir. Tu as été épatant, tu sais. J'en connais d'autres qui n'auraient pas hésité à me mettre dans le bain.

Jochen avait jeté un coup d'œil autour de lui. Quelle différence avec le petit réduit qui lui servait de chambre. Ça devait être chouette, des parents riches!

– Écoute, Axel, il faut que je file.

– Filer? Comment? Où? Ils veulent te boucler?

Jochen avait secoué la tête :

— Non, mais ma mère...

— Elle est folle furieuse? Ça se comprend. Qu'est-ce que mes parents auraient dit, si...

— Non, elle n'était pas furieuse. Elle n'a rien dit. Pas un mot. Tu comprends? Je devais l'attendre à la maison. Et ce soir, alors... Je ne pouvais pas rester. Il ne fallait pas qu'elle me retrouve. Mais je ne sais pas où aller. Peux-tu m'aider?

— Tu veux que je te loge ici? Que diraient mes parents et quelle histoire leur raconter?

— Je te demande un conseil, une idée, c'est tout.

Axel avait gardé le silence, l'air songeur. Puis son visage s'était éclairé et il avait repris l'assurance qui semblait l'avoir abandonné depuis l'entrée inopinée de Jochen.

Jochen voulait disparaître. Bon! Si sa mère, ce soir, lui faisait une scène, il finirait peut-être par parler, raconter toute l'histoire, et Axel se trouverait mêlé à l'affaire. Mieux valait l'aider à se cacher. Pas pour longtemps et, quand il reparaîtrait, les choses se seraient tassées et sa mère, heureuse de retrouver son fils, n'en demanderait pas davantage.

— Où veux-tu aller?

— Justement, je ne sais pas. Chez mon père, à Stuttgart, peut-être.

— Tu as de quoi prendre ton billet?

— Non, pas un sou.

— Moi non plus, je n'ai pas assez de liquide

pour payer ta place. Mais tu te débrouilleras en auto-stop. Viens, on va arranger ça.

Axel vraiment pensait à tout. Il avait acheté un pain complet, du saucisson, du fromage, deux bouteilles de coca-cola, car Jochen avait besoin de provisions de route. Un paquet de cigarettes et une boîte d'allumettes en plus.

Quand Jochen avait parlé du billet laissé à sa mère, Axel avait bondi.

– Quelle bêtise! Elle comprendra tout de suite que tu ne cherches pas seulement à couper à une bonne correction, mais que tu es parti pour de bon. Alors? Que va-t-elle faire? Appeler la police, évidemment. Et si on te trouve sur l'autoroute, le pouce levé, ce sera vite réglé.

Jochen avait acquiescé, troublé. Axel avait raison. Il savait réfléchir, lui.

– Bon! Dans ce cas, il vaut mieux que tu restes un jour ou deux en ville. La police te croira loin déjà et ne te cherchera plus ici.

– Mais où veux-tu que je me cache?

Axel avait une idée.

Personne n'était en vue quand ils avaient escaladé les barrières du stade. La piste était dure, gelée, les portes des cabines fermées, les fenêtres aussi, et il n'était pas question de casser un carreau. Ils avaient longé les tribunes. A mi-hauteur, tel un gros champignon, se dressait une petite baraque. Axel en poussa la porte, qui s'ouvrit.

– Là, voilà une chambre particulière pour toi. Jusqu'au prochain match, personne ne viendra. D'ici là, tu seras parti. Installe-toi, je rentre en vitesse chez moi. Je serai de retour en moins d'une heure, je t'apporterai une couverture et, peut-être, un vieux manteau.

Jochen avait regardé son camarade traverser en courant le stade. Très vite, il avait disparu dans l'obscurité naissante. Reviendrait-il? Oh oui! Sûrement. Axel était un ami.

Le temps paraissait terriblement long, et le froid devenait de plus en plus pénétrant dans l'étroit espace circulaire. Jochen attendait depuis plus d'une heure et Axel ne revenait pas.

Y avait-il un veilleur de nuit au stade? Avec un chien, peut-être.

La mère devait être à la maison. Qu'avait-elle pensé en lisant le billet? Et qu'avait-elle fait?

Que dirait Elvire quand Axel lui raconterait tout? Elle comprendrait certainement que Jochen avait volé ce transistor pour elle, rien que pour elle! Resterait-elle encore son amie?

— Jochen.

C'était Axel. Il était entré et avait jeté un gros ballot à terre. Puis il s'était débarrassé du long paletot qu'il avait enfilé par-dessus son anorak :

— Tiens, voilà de quoi te tenir chaud.

Assis tous deux sur la couverture, le manteau sur leurs épaulcs, ils avaient fumé unc cigarette.

— Tu es sûr que ton père te recevra, là-bas, à Stuttgart?

– Sûr, non. Mais il ne pourra pas me renvoyer comme ça, tout de suite. Non, certainement pas, quand je lui aurai raconté comment tout est arrivé.

– Tu parleras de moi?

– Penses-tu! Je ne prononcerai pas ton nom. Promis.

Ils avaient fumé en silence. Par instants, à la lueur rougeâtre de la cigarette, Axel apercevait le visage de Jochen. Il semblait désespéré. Axel, enfin, se leva :

– Il faut que je parte, Jochen. Pour ce soir, tu es tranquille, et demain tu aviseras. Je passerai à la sortie de la classe voir comment tu te débrouilles.

Et Jochen s'était retrouvé seul.

Enroulé dans la couverture et le manteau, il s'était étendu sur le sol dur. D'une manière ou d'une autre, il arriverait à Stuttgart, sûrement. Là, il s'agirait de trouver où habitait le père. Il finirait bien par découvrir son adresse dans un annuaire. Et, si le père ne voulait pas le recevoir, eh bien, Jochen deviendrait un vagabond! Il y en avait beaucoup qui erraient ainsi de par le monde, ils ne mouraient pas de faim; et puis, ils s'entraidaient. Jochen avait lu cela dans un illustré.

Il faisait de plus en plus froid.

Dans quel pétrin s'était-il fourré! Enfin, Axel ne l'avait pas dénoncé et, si la mère s'inquiétait un peu à son sujet, tant mieux. Elle qui ne pensait plus qu'à cet horrible Albert Möller!

Jochen avait dû s'endormir et s'était réveillé à moitié gelé. Non, il ne pouvait pas rester là, c'était intenable!

Ouvrant la porte, il avait constaté que la première neige venait de tomber; une mince couche blanche recouvrait le sol. Ses pas s'y étaient imprimés alors que, enroulé dans le vieux manteau, la couverture sous le bras et son cartable à la main, il avait retraversé le stade. Bouger devenait indispensable. Personne ne ferait attention à lui dans la rue. Quelle heure était-il? Pas très tard, certainement.

A deux ou trois reprises, Jochen s'était caché quand des autos, et même une voiture de police, l'avaient dépassé, sans d'ailleurs faire attention à lui.

Et, tout à coup, sans qu'il l'ait réellement cherché, ses pas l'avaient conduit dans la rue où habitait Axel, devant la maison. Une fenêtre seule était éclairée : celle de son ami, avait estimé Jochen.

– Axel! avait-il appelé. Axel!

Pas de réponse. Jochen avait alors ramassé quelques cailloux et visé la fenêtre. Au bout d'un certain temps, celle-ci s'était ouverte, laissant apercevoir Axel en pyjama.

– Qu'y a-t-il?

– C'est moi, Jochen.

– Attends. Je descends.

Quelques minutes plus tard, Axel apparaissait sur le seuil de la porte d'entrée, un peignoir de bain enfilé par-dessus son pyjama.

— Viens. Monte chez moi. Mes parents sont allés au théâtre, et ils iront probablement souper après. Qu'as-tu?

— Je ne peux pas rester dehors, Axel, j'ai trop froid. Je suis gelé.

— Mais..., où veux-tu aller?

— Je ne sais pas.

— Rentre chez toi.

— Non.

Un silence. Axel réfléchissait :

— Écoute, Jochen, ce soir tu peux rester ici. Mes parents ne viennent jamais dans ma chambre quand ils rentrent tard, le soir. Mais, demain matin, tu fileras de bonne heure, avant qu'ils ne se réveillent, disons à six heures et demie au plus tard. Comme ça, ils ne sauront rien. Vite, déshabille-toi pour que la lumière soit éteinte quand mes parents rentreront.

Il faisait chaud et bon sous les couvertures. Dans l'obscurité, ils parlaient à voix basse :

— Tu sais, Jochen, je crois que tu prends l'affaire trop au tragique. Tu ferais mieux de renoncer. Si tu rentres chez toi demain matin, ta mère sera si contente de te voir qu'elle ne te dira plus rien. Elle doit être affolée, tu te rends compte!

— Sûrement pas.

— Tu n'en sais rien. Et que risques-tu? J'y ai réfléchi, vois-tu. Tu n'as pas quatorze ans, donc tu ne seras pas puni, juridiquement. Et puis, tu n'avais jamais rien pris encore?

— Non. Crois-tu que j'ai l'habitude de voler?

– Ce n'est pas ce que je veux dire. Mais, justement, une fois en passant, la première..., ça peut arriver à tout le monde. Ta mère était furieuse, d'accord... Si tu savais le foin qu'a fait la mienne quand, il y a trois mois, j'ai été renvoyé du lycée!

– Pourquoi?

– Oh! Je te le raconterai une autre fois. Une vieille histoire, enterrée depuis longtemps.

Le bruit d'une auto s'arrêtant devant la maison les avait interrompus.

– Ce sont mes parents. Tais-toi.

Ils étaient restés silencieux, l'oreille tendue. Axel avait passé son bras sous la tête de Jochen. C'était bon de sentir contre soi la chaleur de l'autre. On se sentait bien, en sécurité et non plus seul, abandonné, comme au stade. On pouvait aussi réfléchir tranquillement. Peut-être Axel avait-il raison. Se sauver ne rimait à rien, c'était stupide. Demain..., demain il serait temps de prendre une décision.

Le lendemain matin, la question avait été vite tranchée. Jochen savait à présent qu'il désirait rentrer chez lui. La scène serait courte probablement, la mère devant partir au travail. Jochen prendrait ses livres et ses cahiers et irait en classe, tout simplement.

Il avait ouvert doucement la porte. La mère était devant lui, comme si elle avait attendu toute la nuit.

– D'où sors-tu? Tu n'as pas pensé que je m'inquiéterais, non?

Le ton n'était pas violent, soulagé plutôt.

Mais, de la chambre, une voix d'homme avait retenti et Jochen avait reculé d'un pas. Il ne s'attendait pas à rencontrer ici M. Möller.

– Ne le reçois pas comme l'enfant prodigue, voyons! Il commence par voler, le vaurien, ensuite il décampe et nous colle des ennuis avec la police, par-dessus le marché.

Et M. Möller, apparaissant, avait continué :

– Ah! Tu es un joli coco, on peut le dire. Moi qui pensais te prendre comme apprenti, après l'école. Fini, mon gars! Fini. Pas de voleurs chez moi. Tu ne penses pas que je vais introduire chez moi quelqu'un qui videra mon tiroir-caisse.

De quoi ce Möller se mêlait-il? Ça ne le regardait pas. La mère, oui, elle avait le droit de tout dire. Pas ce type. Jochen s'était rebiffé.

– Votre magasin? Je n'y mettrai pas les pieds. Jamais!

– Insolent avec ça!

M. Möller avait levé la main et Jochen avait reçu en pleine figure, une gifle retentissante.

Vivement, il s'était détourné, avait couru

dans sa chambre, pris ses affaires, et était reparti à toutes jambes.

– Jochen! avait crié la mère dans l'escalier.

Mais, sans se retourner, il avait claqué la porte d'entrée derrière lui.

chapitre 4

AU CENTRE

Un affreux cliquetis grinçant, un provocant bruit de ciseaux, et la voix apaisante du coiffeur falot, parlant à Jochen comme à un petit chien que l'on est en train de tondre.

– Une pitié, mon petit, une vraie pitié! De si beaux cheveux! Je ne serais pas content, moi non plus, je l'avoue. Mais je n'y peux rien, pas plus que toi. Je fais ce qu'on me commande, comme tout le monde. M. Katz n'aime pas les cheveux longs et M. Hamel encore moins. Ils ne sont pas vraiment longs, mais les boucles, ça se remarque trop. Ne t'en fais pas, petit, elles repousseront et je vais en tailler le moins possible. Éclaircir sur le devant et sur les côtés, et en enlever un peu par-derrière. Oh! Il en restera assez, va.

Jochen avait l'impression qu'il ne resterait rien à mesure que, l'une après l'autre, les boucles brunes tombaient sur son peignoir blanc.

– ...Tu es ici pour un moment, alors, ça n'a

pas d'importance... Tu ne vois personne, n'est-ce pas...?

Quelle bêtise! L'opinion des gens, Jochen ne s'en souciait guère. Mais il se verrait deux fois par jour dans la glace.

— Là, c'est fini. M. Katz ne trouvera rien à redire et si M. Hamel n'est pas content, tu lui diras que je n'ai pas voulu te tondre comme un œuf. Regarde-toi dans la glace, maintenant. Pas mal, n'est-ce pas?

Le coiffeur avait réellement fait de son mieux. Jochen néanmoins, se contempla avec stupeur. Il ouvrit la bouche pour protester, puis serra les lèvres. A quoi bon? Ici, il n'avait pas voix au chapitre. Les cheveux courts aideraient-ils à faire de lui un homme digne de ce nom? Peut-être n'avait-il plus le droit, ici, d'avoir un désir, une opinion, en tout cas pas de les formuler. Résister ne servirait à rien. Jochen avala sa salive, se débarrassa du peignoir et se leva. Le vieux coiffeur le regardait avec un petit sourire amical et compatissant.

— Tu es nouveau, ici? Je ne t'avais encore jamais vu.

— Oui, depuis hier.

Le vieux prit un air entendu :

— Ça paraît terrible, n'est-ce pas? Tu t'y habitueras, mon petit. Sûrement, je le sais. Depuis des années, j'en vois passer des jeunes, de tous les âges. Au début, ils font tous la mauvaise tête, ça se comprend. Et puis, tout se tasse. Résister est inutile, quand tu l'auras compris tout ira mieux. Et quand tu seras depuis un certain temps ici, je te taillerai moins ras; ils ne remarqueront pas, là-bas, que tes cheveux, peu à peu seront redevenus comme avant. Crois-moi.

Tout en parlant, il nettoyait sa tondeuse.

– Surtout, ne va pas te sauver, mon petit. Pas de bêtises. Tu serais obligé de revenir me voir, et alors, adieu à ce qui te reste de cheveux. Mais tu ne feras pas de sottises, tu es un garçon sérieux. Allons, va.

— Au revoir, murmura Jochen, qui partit se présenter devant M. Hamel.

— Bon! Tu as l'air à peu près convenable, maintenant, déclara l'éducateur après un regard critique. Bien que..., le vieux Walter s'est encore laissé attendrir, à ce que je vois. Il sait pourtant ce que je désire. Enfin, ce n'est pas de ta faute. Mais ceci... — du doigt il montra le devoir de Jochen posé sur son bureau — ceci te regarde uniquement, tu en es responsable. C'est de l'entêtement, Boxer. Tu t'obstines, tu es buté. Si nous voulons, toi et moi, arriver à un bon résultat, cela dépend de toi, comprends-tu? Avant tout, il est nécessaire que tu reconnaisses tes fautes.

Et, avec un sourire :

— Tu recommenceras ce devoir pour samedi prochain. Et si je ne suis pas satisfait, tu le referas une troisième fois à la fin de la semaine suivante. Cela jusqu'à ce que je sache, d'après ce que tu écris, que tu as réellement compris pourquoi tu es ici.

Jochen inclina la tête et sortit.

Si seulement la classe n'était pas aussi ennuyeuse! La troisième et la quatrième étaient mélangées. Néanmoins, l'effectif total comptait dix-neuf élèves, pas un de plus. Jochen avait l'impression de savoir depuis longtemps ce que disait le professeur. Seul paraissait gentil son voisin Sven, qui, totalement indifférent à la science, s'arrangeait pour passer le temps le plus agréablement possible. Après avoir, en un quart d'heure, calculé de tête, ce que les autres comptaient péniblement sur leurs cahiers, Jochen entama avec Sven une palpitante bataille navale sur papier. Plongés dans l'ardeur du jeu, ils n'entendaient ni questions, ni réponses.

– Jäger.

Jochen sursauta.

– Eh bien?

– Je...

– Oui, j'écoute?

– Je ne sais pas, monsieur.

Le professeur, qui avait dépassé l'âge de la retraite, mais estimait utile et charitable de consacrer quelques heures par semaine à une œuvre sociale, leva les sourcils :

– Comment, tu ne sais pas? Je vois pourtant sur ta feuille d'entrée que tu sors de la troisième. Est-ce vrai?

– Oui.

– Lycée ou cours complémentaire?

– Lycée.

– Et tu ne sais pas ce qu'un tiers représente en pourcentage? Qu'as-tu appris là-bas? Tu serais peut-être mieux à ta place en quatrième.

– Trente-trois et demi pour cent, monsieur.

– Sven, je ne t'ai rien demandé, tu connais la réponse, je le sais.

Sven se leva :

– Jojo le sait aussi, monsieur. Il n'a pas entendu, c'est tout.

– Bien. Nous le mettrons à l'épreuve ces prochains jours, et nous verrons ce qui ne va pas.

Excédé, Jochen s'efforça d'écouter de son mieux la fin du cours. Le faire descendre en quatrième, il ne manquerait plus que cela! Ce serait le bouquet!

– Hep! Viens à la haie.

Derrière Barbet et Basset, Jochen, après le dîner, se précipita hors de la maison après s'être assurés tous trois que M. Hamel avait regagné sa chambre et ne pouvait les voir. Contournant la cuisine, ils enjambèrent les poubelles, se glissèrent parmi les quelques ifs qui évoquaient l'image d'un cimetière et atteignirent la grande haie épaisse qui clôturait cette partie du jardin.

Barbet tira de sa ceinture un paquet de cigarettes, en sortit deux qu'il offrit à Sven et à Jochen, et en prit une troisième pour lui.

Ils fumèrent précipitamment, cachant de la main le bout rougeoyant de leur cigarette.

– D'où ça vient? interrogea Sven.

Barbet sourit :

– Regarde la marque..., de Barberousse évidemment.

– Il t'a donné le paquet?

– Donné, pas tout à fait. Oublié sur la table. Fume tellement qu'il n'a même pas dû s'en apercevoir.

Au bout d'un instant, Barbet reprit :

– Après tout, pourquoi es-tu ici, Jojo?

Sujet désagréable. Comme si ce n'était pas suffisant d'avoir ce devoir à recommencer. De quoi Barbet se mêlait-il?

– Oh! Une scène avec ma mère. Et toi?

Barbet s'assit à terre, les deux autres l'imitèrent.

– Moi, ce n'est pas pour une histoire de gosse, répondit-il non sans fierté. Ceux qui sont ici, presque tous ont séché l'école, chipé quelques bricoles. Moi, c'est plus grave.

– Quoi?

– Vingt-deux casses.

– Tu dis?

– Des casses : de la cambriole, bébé. On était une bande. Des types à la hauteur, tu peux me croire. Trois, nous étions trois à faire les kiosques. Des cigarettes, du chocolat, la caisse quand il y avait de l'argent dedans. Fumer, manger, ça ne posait plus de problèmes..., et aussi des trucs à revendre. Vois-tu, dans la vie, faut toujours se débrouiller pour avoir les poches pleines, c'est le principal. Et on était malins, tu peux me croire. Jamais pris!

– Alors, comment es-tu ici? interrogea Jochen incrédule.

– Un type a fait l'imbécile. Il est venu un jour nous raconter qu'il connaissait une affaire en or, sans risques et qui rapporterait gros. Six cents balles au moins. A se partager à trois, tu te rends compte! Et ce n'était pas même un casse, la porte n'était pas fermée; il suffisait de rentrer, tout simplement, d'aller à la cuisine, d'ouvrir le placard et là, dans une soupière, les billets. Ce n'était pas un vrai cambriolage. Nous étions chez sa grand-mère. En sortant, voilà qu'on croise une femme dans l'escalier : « Bonjour, madame Meier », a dit mon copain au passage. Une demi-heure après, quand la vieille est rentrée, elle a vu tout de suite que l'argent était parti. Elle a fait un foin du tonnerre, ameuté la maison. « Vous devriez demander à votre petit-fils, a dit la Meier, il a peut-être vu le voleur. »

A la première question, le type s'est dégonflé et a tout déballé. Pas seulement le vol, mais les vingt-deux casses avec. S'est mis à chialer comme un gosse, a déclaré que c'était moi le chef qui avait tout manigancé! La grand-mère attendrie a consolé son chéri. Et puis, elle a couru à la police, et le soir même les flics sont venus me cueillir.

Cela ne se serait pas trop mal passé peut-être, vu que je ne leur avais encore jamais été signalé. Mais quand ils sont arrivés, mon père en tenait une. Complètement saoul! Il s'est accroché avec les flics, leur a ri au nez : « Et après? Le gamin avait besoin d'argent de poche. Il n'est pas, comme vous autres, payé pour se balader les mains dans les poches... » Ça n'a pas arrangé les affaires, tu penses. Enfin, je ne moisirai pas éternellement ici.

– Et ton père?

– Lui? Il ne s'en fait pas. La première fois qu'il est venu me voir, il m'a dit : « Bon sang, petit, j'en fais des économies. J'ai des cigarettes pour dix mois au moins! » Il avait mis la main sur un stock que le propriétaire gardait dans une chambre du sixième. Oh! Il est régulier le paternel..., sauf quand il boit.

Barbet fit à nouveau circuler le paquet de cigarettes.

– Et toi, Sven, pourquoi es-tu ici? demanda Jochen.

– Oh! Je te raconterai une autre fois, répondit Sven évasif, c'est une longue histoire, nous n'avons plus le temps. Il faut rentrer.

Barbet ricana :

– Ça le gêne, il n'aime pas en parler, tu sais. Moi aussi, à sa place, j'aurais honte, mais je ne dirai rien. C'est son affaire. Au début, il nous a raconté qu'il avait volé pas mal de vélos. Mais il n'y connait rien, et n'a pas la moindre idée de la manière dont ça se pratique. Et puis, un jour, je faisais le ménage chez Hamel, j'ai vu le dossier de Basset sur la table. Naturellement, j'y ai jeté un coup d'œil. Pas question de vol de bicyclettes. Mais je n'en dis pas plus, il t'en parlera si ça lui chante.

— Partons, murmura Sven très gêné.

— Va devant, Jojo, ordonna Barbet. Vois si le passage est libre, qu'on ne se fasse pas épingler par Hamel.

Jochen obéit et, comme il franchissait la porte, M. Hamel surgit :

— D'où viens-tu, Boxer?

— Je suis sorti respirer un peu.

Jochen lança un coup d'œil furtif par-dessus son épaule, afin de voir si les autres s'étaient mis à l'abri. Ils avaient disparu.

L'éducateur se rapprocha et huma l'air :

— Tu as fumé?

Silence.

— Donne-moi tes cigarettes.

— Je n'en ai pas.

— Je sais que tu as fumé, je le sens, donc tu as des cigarettes.

— Je n'en avais qu'une.

— De qui?

— Elle était restée dans la poche de ma veste.

— Viens. Suis-moi.

Debout dans la pièce, Jochen fit face à son éducateur.

— Tu as lu, je pense, le règlement de la maison. Tu sais qu'il est défendu de fumer ici et je n'aime pas que l'on enfreigne les règles. Ici, il faut obéir, comprends-tu? C'est toujours ainsi que cela commence. Vous ne voulez pas céder, vous refusez tout ordre, toute contrainte. Tu te rends compte où cela mène. Mais, vois-tu, je ne laisse rien passer. Nous finirons bien par te corriger et faire de toi un honnête garçon. Pour commencer, et pour que tu te souviennes de ce que je viens de dire, tu vas pendant trois jours nettoyer et ranger les toilettes, les douches et les lavabos, le soir. Compris? Sur ce, va-t'en. File.

Bon! Cela éviterait au moins d'aller se coucher tout de suite après la douche, avec les autres. C'était toujours ça de gagné.

Jochen, le lendemain, lava le carrelage, nettoya les glaces, astiqua les robinets. C'était plutôt drôle au fond, amusant de voir tout briller autour de lui. Absorbé dans son travail, il sursauta quand Sven, arrivé silencieusement derrière lui, chuchota :

– Hé! Jojo, écoute...

– Tu as le droit de venir ici?

– Pas exactement. Mais, si j'entends Hamel qui descend, je filerai aux toilettes. Je voulais..., tu m'as demandé pourquoi je suis ici et je ne t'ai pas répondu, parce que Barbet nous écoutait. Il t'en parlera, d'ailleurs, c'est sûr. Depuis qu'il le sait, tout le monde est au courant. Alors, j'aime mieux te le dire moi-même.

– Si tu préfères te taire, Sven... Moi non plus, je n'aime pas raconter mes affaires.

Adossé au lavabo, les yeux baissés, Sven murmura :

– Si, je préfère te le dire. Là-bas..., à l'orphelinat, j'ai eu... enfin, tu comprends, avec une fille. Oh! Elle voulait bien, tu sais; mais après, les sœurs ont raconté... parce que l'orphelinat, là-bas, était tenu par des sœurs. Eh bien! Elles ont dit que j'avais forcé la fille, que j'étais un danger public. Voilà pourquoi je suis ici.

Levant les yeux, il regarda Jochen d'un air anxieux.

Jochen était mal à l'aise.

— Pourquoi l'orphelinat? demanda-t-il, désireux de changer de conversation.

— Parce que je n'ai pas de parents, tiens. Je suis un enfant naturel, et ma mère s'est suicidée quand j'étais tout petit. J'avais cinq ans. La sœur a déclaré que je tenais de ma mère qui était une pas grand-chose. Elle n'aurait pa dû. C'est moche d'avoir dit une méchanceté pareille...

— Allons, j'ai fini, je crois, interrompit Jochen après un dernier coup d'œil autour de lui.

— Dis, Jojo...

Sven lui lança un regard de biais :

– As-tu déjà..., avec une fille? Tu sais ce que je veux dire... Tu es beau et...

— Laisse-moi donc tranquille avec tes histoires de femmes. Ça ne m'intéresse pas, grogna Jochen lançant violemment son chiffon dans l'armoire aux balais.

Peu de temps après le drame du transistor, avant d'être confié au Centre d'éducation surveillée, Jochen avait rencontré Elvire dans la rue. Elle était accompagnée d'un garçon que

Jochen connaissait pour l'avoir aperçu dans la cour du lycée. Elvire portait le collier qu'il avait volé à son intention.

Allant vers elle, il se disposait à l'accoster, quand, rejetant la tête en arrière, elle était passée sans paraître le voir. La suivant des yeux, il l'avait aperçue qui parlait avec animation au garçon; celui-ci s'était retourné en ricanant et Jochen avait compris ce qu'Elvire venait de lui raconter.

Furieux, il était parti en courant.

Le lendemain, au lycée, pendant la récréation, Jochen, comme les autres, buvait son lait. Un garçon d'une autre classe, passant près de lui, avait marmotté de manière à être entendu : « Voleur! ». Sans paraître avoir compris, Jochen avait poursuivi son chemin. Mais, un peu plus tard, il s'était retrouvé devant le même garçon, flanqué cette fois de deux autres. Et tous trois de s'écrier à voix haute : « Voleur... Coureur de filles! »

Jochen était tombé à bras raccourcis sur le garçon, nettement plus grand et plus fort que lui. Dans la rage de la bataille, il s'était servi comme arme, de la petite bouteille de lait vide qu'il tenait encore à la main. Atteint à la tête, l'autre avait saigné.

Le soir même, la police était venue : « Coups ayant entraîné une blessure sérieuse », avait noté l'agent dans son rapport.

La mère n'avait rien dit, mais elle avait pleuré.

La semaine suivante, ils avaient été convoqués au Bureau de la délinquance juvénile. Une assistante sociale les y attendait, le rapport de l'agent sous les yeux. Elle avait parlé de « violence inqualifiable », mais s'était adressée à la mère d'un ton amical et réconfortant, pour lui recommander de mieux surveiller son fils.

— Pourquoi cette bataille? avait-elle demandé.

— Il m'a traité de voleur.

— Voleur, pourquoi?

Jochen, très rouge, avait hésité et la mère avait parlé à sa place.

L'assistante avait noté et le dossier s'était ainsi accru d'un délit supplémentaire : « Coups et blessure et vol dans un grand magasin ».

Jochen n'y attachait pas grande importance. Mais en classe! Personne ne voulait plus le voir, sauf précisément quelques garçons qu'il avait toujours évités.

M. Kremer lui-même avait fini par le savoir, et c'était ce qui l'ennuyait le plus. Pendant une récréation, il avait pris Jochen à part : « Je suis profondément déçu, Jochen. J'avais confiance en toi, tu le sais. Comment as-tu pu te laisser ainsi entraîner? Cela ne te ressemble pas. Enfin, ce qui est fait est fait! Que les autres te le reprochent et te tiennent à l'écart pendant quelque temps, c'est naturel. Il te faut l'admettre et le supporter. C'est toi le coupable, après tout. Bien que... Ceux qui crient le plus fort ne sont pas précisément de petits saints, je le sais aussi bien que toi. Mais, entre nous, rien n'est changé, tout reste comme avant, c'est bien clair, n'est-ce pas ? J'espère que tu vas te ressaisir et que rien de semblable ne se reproduira plus. Entendu?»

Jochen avait acquiescé avec conviction.

Mais, ce même jour, il avait à nouveau rencontré Elvire, seule cette fois. Sur son chandail bleu-ciel s'étalait le collier de Jochen.

– Elvire, avait-il dit, pourquoi as-tu raconté aux autres ce que j'ai fait?

D'un ton acerbe elle avait riposté :

– Parce qu'il faut qu'on sache qui tu es. Et puis, ce n'est pas à toi de m'apprendre ce que je dois ou ne dois pas dire à mes amis.

Repoussant Jochen elle avait conclu :

– Débarrasse le plancher. Ote-toi de là.

En proie à un véritable accès de rage, Jochen avait tiré sur le collier pour l'arracher, mais il avait en même temps pris le chandail qui s'était déchiré. Le fil du collier s'était rompu et les perles de bois avaient roulé sur le pavé.

Brusquement, Elvire avait crié :

– Au secours! Au secours!

Un passant avait saisi Jochen au collet :

– Assez, gamin. Et toi, la petite, tais-toi! Venez vous expliquer au poste.

Au commissariat, un très jeune agent tapait à la machine :

– Que s'est-il passé? avait-il demandé à Elvire.

Toute rouge, elle avait murmuré :

— Je ne sais pas, il voulait abuser de moi, peut-être.

— Imbécile! s'était écrié Jochen. En pleine rue, n'est-ce pas? Je voulais reprendre le collier, tu le sais très bien.

— Ça se complique, avait observé l'agent avec un sourire. Violence ou vol?

Visiblement, il penchait pour la thèse du vol. Elvire avait alors raconté comment elle avait rencontré Jochen et fait allusion à Axel.

— Qui est celui-là?

— Je le connais à peine, avait précipitamment interrompu Jochen. Il n'a rien à voir. Le collier, je l'ai volé tout seul, Axel n'en a jamais rien su. Parole. Ce collier, je voulais le reprendre, c'est tout. Le reste, c'est du baratin

— Doucement, doucement, mon gars...

L'agent paraissait s'amuser. Il écrivait, un petit sourire au coin des lèvres, et Jochen avait le sentiment que l'affaire n'irait pas plus loin.

Le soir même, Elvire accompagnée de sa mère était montée chez Jochen à cause du chandail déchiré. La mère, une grosse femme, n'avait pas mâché ses mots : « Si on ne peut plus laisser une fille sortir dans la rue sans qu'un voyou comme celui-là vienne l'attaquer... Voyez ce pull, tout neuf. Perdu, un pull de vingt-cinq francs. »

La mère avait payé les vingt-cinq francs, sans protester. Elle n'avait même rien dit après le départ d'Elvire et de sa mère.

La semaine suivante avait amené une nouvelle convocation au Bureau de la délinquance juvénile et, cette fois, l'assistante sociale s'était montrée beaucoup moins gentille.

— Vol dans un grand magasin, coups et blessure. Attaque et vol dans la rue, avec, selon la plaignante, un motif sexuel... Cela devient grave, madame Jäger. Votre fils est certainement un sujet difficile, pervers.

— Quand on reste seule avec un garçon de cet âge à élever et qu'il faut travailler...

— Oui, je sais, je l'ai lu dans le dossier, et je comprends qu'une femme, en pareil cas, soit quelque peu débordée. Peut-être serait-il sage de le placer, dès maintenant, dans un Centre d'éducation surveillée ... dans son intérêt.

— Mais je ne peux pas l'abandonner. Je suis sa mère.

— Précisément, c'est à vous de juger ce qui vaut le mieux pour lui. Je n'exerce aucune pression sur vous, croyez-moi, madame Jäger, mais il est certain qu'à partir de maintenant, nous garderons un œil sur votre fils, et si, par malheur, un autre incident survenait, nous serions dans l'obligation, alors, de le placer d'office dans un Centre.

— Peut-être, mais ce ne serait pas moi qui l'y aurais envoyé.

— C'est vrai. Cependant, la question se présente sous deux aspects : envoyé d'office par le juge des enfants, il ne pourra sortir de l'établissement que sur décision de ce même magistrat. Tandis que si vous le placez volontairement dans ce même établissement, vous restez entièrement libre de l'en faire sortir quand vous le jugerez bon. Je ne vous force en rien, et ne veux pas influer sur votre autorité, madame Jäger, mais...

L'administration est lente, dit-on, et les formalités interminables. Quinze jours cependant étaient à peine écoulés, que la mère et M. Möller avaient, d'un commun accord, livré Jochen aux autorités du Centre d'éducation surveillée.

Jochen aurait aimé parler à sa mère, l'adjurer de ne pas l'enfermer dans cette sorte de prison, lui promettre que jamais plus elle n'aurait à se plaindre de lui. Mais le moment favorable ne s'était jamais présenté.

Sa mère, durant ces derniers jours, l'avait totalement ignoré, comme si, déjà, il n'était plus là. Elle s'entretenait longuement avec M. Möller, et Jochen savait qu'il était question de lui. A quoi bon, dans ces conditions, essayer de parler à la mère, puisqu'elle écoutait ce Möller et voulait se débarrasser de lui.

Dans le bureau de M. Katz le directeur du Centre, M. Möller avait conclu :

— Voyez si vous arrivez encore à tirer quelque chose de ce chenapan.

M. Möller avait parlé tout le temps, comme s'il avait été le père de Jochen. M. Katz avait bien essayé de l'interrompre et de s'adresser à la mère, mais M. Möller n'avait pas compris.

La mère n'avait, pour ainsi dire, pas prononcé une parole. Quelques mots seulement, avant de partir.

— Sois sage, mon petit, avait-elle murmuré.

Puis ils s'en étaient allés, elle et M. Möller.

chapitre 5

MONSIEUR HAMEL

A la fin de la semaine, Jochen écrivit deux lettres et son devoir. La première disait :

Chère mère,

Je suis ici depuis une semaine et je vais bien. Je me plais beaucoup ici avec tous les autres garçons. Je n'ai pas envie de m'en aller. J'ai deux amis, l'un est un cambrioleur et je préfère ne pas te dire ce que l'autre a fait. Tu peux être tranquille à mon sujet. Je suis bien ici. Je m'amuse et j'apprends un tas de choses.

Jochen.

La seconde était ainsi conçue :

Cher Axel,

Je n'y tiens plus. Ici, chacun se méfie de l'autre et on se dispute tout le temps. Ils m'ont coupé les cheveux, et Hamel, l'éducateur, est tout le temps sur mon dos. Si je dois rester encore longtemps dans cette boîte, je me sauverai ou je me tuerai. Si seulement je savais comment faire pour sortir le plus vite possible? Qu'en penses-tu ? Aide-moi.

Ton ami, Jochen.

Ainsi que l'exigeait le règlement, il apporta la première lettre, non cachetée, à M. Hamel qui la lui rendit aussitôt, car il était défendu de parler des délits des autres, mais se montra néanmoins satisfait de son contenu.

Sur le conseil de Sven, Jochen confia la lettre pour Axel au vieux coiffeur qui se laissait parfois attendrir.

Quant au fameux devoir : «Pourquoi suis-je ici? », il ne fit que répéter en quelques lignes ce qu'il avait écrit dans le devoir précédent et, les lèvres serrées, vint poser la feuille sur le bureau de M. Hamel.

Celui-ci jeta un rapide coup d'œil sur la page presque blanche :

– Tu recommenceras la semaine prochaine, Boxer, dit-il simplement.

Les éducateurs étaient tenus de rédiger, à date fixe, un rapport écrit sur le comportement de leurs pupilles et les conclusions qu'ils en tiraient. Ces observations étaient soigneusement classées telles quelles, à portée de main, afin de pouvoir être consultées à n'importe quel moment.

En revanche, les appréciations émises par les élèves sur leurs éducateurs n'étaient formulées que verbalement et sujettes à des modifications, avant d'être finalement transcrites et classées.

Un tel échange, d'ailleurs, s'envisageait uniquement avec ceux qui en étaient jugés dignes. Les stagiaires, eux, n'avaient pas voix au chapitre. Apparitions fugitives, durant quelques semaines, ils ne pouvaient exercer une réelle influence, ni s'intégrer à la vie de l'établissement. Les garçons les considéraient presque comme des compagnons d'infortune, sachant fort bien qu'eux aussi, ils étaient soumis à des épreuves et des jugements dont dépendait leur avenir. Aussi n'en parlaient-ils guère entre eux : chic, bonne pâte, cafard ou régulier. Une fois rangés dans l'une ou l'autre de ces catégories, il n'en était plus question.

Seuls comptaient les éducateurs. Ils possédaient les dossiers, base première de leurs jugements et de leur ligne de conduite. L'essentiel du programme éducatif adapté à chaque pupille se trouvait ainsi établi dans ses grandes lignes dès le premier jour.

Tout autres étaient les sources de renseignements des élèves qui, de diverses manières, étaient finalement presque aussi documentés que leurs éducateurs. Bavardages, lambeaux de conversations saisis au hasard, par bribes, remarques aigres-douces échangées entre collègues, racontars d'office, à la lingerie, la cuisine, l'infirmerie.

Eût-on, dans les deux cas, pris la peine de chercher où se trouvait la vérité que l'on eût rencontré partout la même somme d'erreurs.

Les informations fragmentaires rassemblées par un groupe sur celui qui les dirigeait, étaient presque aussi détaillées que les dossiers de l'Administration. Partout des contre-vérités, des malentendus, des incompréhensions.

Ce que les pupilles savaient de M. Hamel, se résumait ainsi :

Né en 1918. Passé son bachot en 1937. Service du travail. Armée. Guerre. Fait prisonnier. Retour en Allemagne vers 1947. A cette date, Hamel n'avait jamais exercé un métier quelconque. Rien. Ni femme, ni enfant, ni profession. Pas même un logement. Plus très jeune, à vingt-neuf ans, il était difficile de reprendre des études en vue d'une carrière. Ainsi l'ex-sergent libéré, ayant traîné ses bottes de Pologne en France et en Russie, sans compter plusieurs séjours dans les hôpitaux, se trouvait-il sans emploi.

Sur la foi d'une annonce réclamant des éducateurs pour jeunes délinquants, il avait été trop heureux de trouver un toit, des repas chauds et un salaire fixe, si maigre fût-il.

Élevé par un père sévère, mais juste, soumis durant des années à la discipline militaire, il n'en savait guère plus sur l'éducation.

Il avait acheté quelques livres, un manuel de travaux pratiques, une étude sur la psychologie des jeunes, un recueil de jeux et quelques albums de bandes dessinées, et avait attentivement examiné le tout – à une exception près : l'étude psychologique. Trop difficile à comprendre et comment se concentrer sur un texte obscur au milieu d'une bande de garnements à mater?

A cette époque, d'ailleurs, aucune formation spéciale n'était exigée. Les chefs de Centres étaient trop heureux de trouver du personnel éducatif. Et plus tard, quand la nécessité de faire appel à des gens qualifiés pour remplir ces tâches, devint évidente, Hamel, en raison de ses années de service et de son expérience, avait été maintenu à son poste. Il ne pouvait cependant pas espérer gravir un échelon supérieur, à cause de son manque de diplômes.

Au fond, M. Hamel restait convaincu que rien ne remplaçait cette expérience acquise au cours des années. Tests, sociologie, psychologie, dynamique de groupe, toutes ces fariboles prônées par de jeunes collègues ou des stagiaires zélés, ne faisaient à ses yeux qu'embrouiller les choses et compliquer le travail. Il s'était depuis longtemps tracé une ligne de conduite basée sur quelques principes fondamentaux, simples, nets et indiscutables, qu'il s'efforçait d'inculquer aux aides qui venaient accomplir un stage auprès de lui. Ceux-ci écoutaient, souriaient et haussaient les épaules.

« L'éducation, avait-il coutume de leur dire, consiste à développer le bon et refréner le mal. Chez les jeunes chenapans que nous recevons ici, il y a peu à développer et beaucoup à réprimer. Vous finirez par le comprendre quand vous aurez autant d'expérience que moi. Pas besoin de tout ce matériel. « Tu ne voleras pas. Tu ne mentiras pas. Honore ton père et ta mère... » Voilà ce qu'il faut leur graver dans la cervelle. Avec, en plus, quelques bons vieux adages : « Une place pour chaque chose et chaque chose à sa place. Ne faites pas aux autres ce que vous ne voudriez pas que l'on vous fît. »

Les garçons le savaient. Avec Hamel, mieux valait rester coi, ne jamais répondre, tenir son armoire en ordre, faire son lit au carré, cirer ses souliers, avoir les cheveux courts et les ongles propres, ne pas marmotter « hmm », mais « oui, monsieur, volontiers » et surtout, ne jamais avoir l'air de savoir à quoi s'en tenir sur la différence qui existe entre les filles et les garçons.

Très simple, somme toute. Il suffisait de le savoir et d'en tenir compte.

Une bougie allumée devant le couvert de Jochen et deux tranches de gâteau sur chaque assiette. Debout, derrière leur chaise, les garçons psalmodiaient : « Bon anniversaire ». Un bel ensemble, avec un peu de confusion, car les uns chantaient : « cher Jojo », d'autres « cher Jochen », et quelques-uns ainsi que M. Hamel « cher Boxer ».

M. Hamel, ensuite, prononça un petit discours que seul Jochen écouta, les autres le connaissant mot pour mot, car la même cérémonie se répétait quinze fois par an, davantage même suivant le nombre des nouveaux arrivants.

Après avoir sacrifié aux vœux et félicitations, M. Hamel conclut :

– Et maintenant, Boxer, n'oublie pas que tu as quatorze ans, tu es dorénavant responsable de tes actes, et le moindre faux-pas te conduirait devant le tribunal.

Curieuse manière de clore une fête!

La mère, pour la première fois, avait reçu l'autorisation de visiter son fils. Pour un anniversaire, les parents avaient le droit de venir passer une partie de la journée avec leur enfant. Mais, la veille déjà, Jochen avait reçu une carte illustrée, avec ces mots :

Mon cher enfant, je te souhaite un bon anniversaire. J'aurais aimé venir t'embrasser, mais il y a trop de travail au magasin et je n'ai pas une minute à moi. Je t'ai envoyé un gros paquet et, au prochain jour de visite, je viendrai sûrement.

Ta mère affectionnée.

Et, en post-scriptum : *M. Möller te salue.*

Le paquet n'était pas encore arrivé et Axel n'avait pas donné signe de vie. Jochen lui avait écrit trois fois, sans réponse.

Avant de s'asseoir à la table du déjeuner, Sven avait tiré de sa poche un petit paquet enveloppé dans du papier de soie et l'avait déposé sur l'assiette de Jochen :

– Tiens, pour fêter l'événement.

Six crayons-feutre dans leur étui : rouge, bleu, vert, jaune, brun et noir.

– Merci, Sven, merci! Tu n'aurais pas dû. Cette semaine, avec les mauvais points, tu n'as presque pas touché d'argent de poche. Ça me fait vraiment plaisir, tu sais.

Sven avait rougi de plaisir. Ces dernières semaines, il avait eu, au sujet de son argent de poche, presque autant de malchance que Jochen. Les garçons avaient droit à deux francs par semaine quand tout se passait bien. Mais il ne fallait pas récolter de mauvais points, et les occasions ne manquaient pas : souliers mal cirés, arrivée en retard aux repas, ongles noirs. Chaque mauvais point enlevait dix centimes.

Aussi Sven, pour réunir ce qui lui manquait, avait-il vendu sa gomme et son taille-crayon à Barbet qui avait toujours plus d'argent que les autres. Nul ne savait comment, d'ailleurs.

Après le déjeuner, M. Hamel appela Jochen dans son bureau. Le paquet annoncé par la mère était arrivé et Jochen était prié de l'ouvrir en présence de l'éducateur.

Visiblement, la mère avait puisé dans les réserves de M. Möller. Bonbons, gâteaux, saucisses, jambon, conserves, il y avait de tout. M. Hamel n'éleva qu'une protestation à la vue d'un petit bocal de cerises à l'eau-de-vie.

– Ça ne me paraît pas indiqué, ni pour toi,

ni pour les autres. Vois-tu, l'alcool ne fait du bien à personne.

– C'est un tout petit bocal, monsieur.

– Il y a un commencement à tout et il vaut mieux, en général, ne pas courir le risque.

Néanmoins, il remit les cerises à l'eau-de-vie dans le paquet et conclut :

– N'en mange pas trop à la fois!

Recommandation superflue, car Jochen, quand il sortit, fut accueilli par bien des regards quémandeurs. Tout le long du jour, on entendit mâcher, grignoter, sucer, et Barberousse accepta volontiers les cerises à l'eau-de-vie que Jochen lui offrit à deux reprises. Même M. Hamel se laissa tenter par une praline, bien que ce fût contraire à ses principes.

Pendant l'étude, le directeur, M. Katz, vint en personne souhaiter bonne fête à Jochen. On le voyait rarement, il sortait peu de son bureau, mais venait à chaque anniversaire apporter ses vœux et un livre. Celui de Jochen était un récit d'aventures en Amérique du Sud.

Jochen n'était pas grand amateur de livres et ses remerciements manquèrent quelque peu de chaleur, d'autant que Barberousse, de son côté, avait également choisi un recueil de poche à son intention.

La mère avait un grand respect des livres. Celui qui ne lit pas reste un ignorant, disait-elle. L'esprit a besoin de vitamines, tout autant que le corps. Elle, malheureusement, n'avait pas le temps de lire, tandis que Jochen, devait mettre à profit ses heures de liberté.

Mais Jochen ne croyait ni à la vie que décrivaient les livres, ni aux recommandations de la mère. Si vraiment la lecture était un tel plaisir, pourquoi ne se l'offrait-elle pas de temps en temps?

La vie, c'était le lycée, la cour, les jeux, les cris, le stade et les courses acharnées, les baignades, les excursions, les veillées autour d'un feu de camp. La vie, c'était la poussière humide de sueur qui vous colle au visage et non l'odeur sèche et renfermée du papier imprimé.

Le soir de ses quatorze ans, Jochen, suçant quelques derniers bonbons dans son lit, prit le livre de M. Katz, puis celui de Barberousse. Il parcourut quelques lignes au hasard : « ... Il ne leur avait pas confié qu'il était roi, un roi qui régnait en secret sur le pays le plus beau, le plus calme, le plus paisible de tous : le royaume de la Nuit, la province de l'Ombre, la terre des Rats... »

Jochen regarda la couverture : *L'Hetman des Steppes*. Drôle de titre.

Curieux, il reprit sa lecture.

Sa mère, un jour, avait dit que l'on se retrouve parfois dans une histoire. Jochen ne se retrouvait pas, mais partageait la vie d'un inconnu, devenu dans l'ombre le roi le plus puissant du monde. Très important, les rats lui obéissaient et les faucons eux-mêmes se soumettaient à sa volonté.

Jochen lisait, sans se rendre compte qu'une forme se penchait au-dessus de lui et lui tapotait paternellement l'épaule avec un sourire.

– Allons, il faut éteindre, dit M. Hamel.

Jochen leva les yeux :

– Oh! Un moment encore, dit-il reprenant sa lecture.

La vie, c'était le sort du petit faucon délaissé, les tourbillons de poussière, la trahison du Soleil envers le roi, l'Hetman des Steppes...

Un vrai miracle ce quart d'heure de grâce octroyé par Hamel, qui avait grogné dans sa moustache :

– Bon, bon! C'est bien parce que c'est ta fête.

La vie, c'était aussi ce silence après la dernière ligne : « Les narines palpitantes, il leva la tête, cherchant du regard les faucons. Vide était le ciel. »

– Un vrai rat de bibliothèque, bougonna M. Hamel de retour au bout d'un quart d'heure.

– Oh non! protesta Jochen.

Prenant le livre, M. Hamel le feuilleta.

– Pas du tout pour les enfants, grommela-t-il. Justement, c'est peut-être ce qui...

Fermant les yeux, Jochen songea qu'il restait plusieurs histoires encore à lire..., pour demain.

La vie, c'était aussi la curiosité, le désir de connaître d'autres existences, dépeintes par quelqu'un qui savait de quoi il parlait.

Après tout, cette journée d'anniversaire lui laissait un bon souvenir.

chapitre 6

REGLEMENTS DE COMPTE

Le lendemain soir, un coup d'œil suffit à tous les garçons pour savoir que M. Hamel était furieux. Pâle, il pinçait les lèvres, un tic nerveux faisait tressaillir ses joues. On eût dit qu'il réprimait avec difficulté une colère prête à exploser. En général, il attendait que tous soient sortis pour exhaler sa fureur. Cette fois, la prière achevée, il appela d'un ton bref :

– Boxer.

– Oui?

Jochen qui dépliait le papier d'argent de son fromage, leva les yeux.

– Ne t'ai-je pas dit, dès le premier jour, que je ne supportais pas les mauvaises plaisanteries?

– Oui, c'est exact, reconnut Jochen sans s'émouvoir.

– Lève-toi, je te prie, quand je te parle.

Jochen repoussa sa chaise du pied et se tint debout devant l'éducateur, l'interrogeant du regard.

– Pourquoi avoir écrit des obscénités sur la porte des toilettes? Comment as-tu osé?

– Moi? Jamais.

– Oui, toi. Ne mens pas. Pour autant que je le sache, tu es le seul ici qui possède un crayon-feutre vert?

– Mais je n'ai rien écrit du tout. Je ne m'amuse pas à des âneries pareilles.

Le visage de M. Hamel se durcit encore :

– Je connais ton dossier et je sais que tu as commis pas mal d'âneries. Crois-tu que je ne vous observe pas, ici? Ton dossier, cette amitié avec Basset qui n'est pas un petit ange non plus, et ce crayon vert par-dessus le marché. Je serais bien bête si je n'y voyais pas clair. Tu seras de service au sous-sol pendant toute la semaine, privé de sortie dimanche prochain et quinze jours sans argent de poche. Je suis compréhensif et indulgent pour bien des erreurs, mais des saletés pareilles, je ne les tolère pas. Vous êtes des êtres humains, de futurs hommes, pas des bêtes. Je ne permettrai pas à un voyou de pervertir mon groupe. Assieds-toi.

– Ce n'est pas vrai, protesta Jochen, et je ne veux pas être puni pour une sottise que je n'ai pas commise.

– Je t'ai dit de t'asseoir. Si tu ouvres encore la bouche, je double la punition.

Jochen s'assit et repoussa son assiette. Il n'avait plus faim. Ce que voyant, Barbet s'en empara. Il était perpétuellement affamé.

Le repas terminé, Jochen alla trouver M. Hamel :

– Que veux-tu encore? Pour l'instant, je préfère ne pas te voir.

– Monsieur, je n'ai rien écrit sur la porte des toilettes et je n'accepte pas la punition. J'irai plutôt me plaindre à M. Katz.

Hamel bondit, comme piqué par un serpent.

– Te plaindre! De moi! Jamais personne ne s'y est risqué, mon petit, et tu ferais mieux de ne pas essayer. Qui commande ici, je te le demande? Et ta sortie dépend de mes rapports à ton sujet, ne l'oublie pas.

– Ce n'est pas juste, monsieur.

– De mieux en mieux! Voilà que tu m'accuses, maintenant. Toi! Quand je pense à tout ce que renferme ton dossier, sans compter ce qui se passe ici, je m'étonne que tu oses encore ouvrir le bec. Oh! Tu as beau me regarder avec de grands yeux innocents, tu ne m'attendriras pas. Je vous connais, maudits garnements! Pris sur le fait, vous n'avez pas même le courage d'assumer vos actes.

– Je ne suis pas coupable, et je ne me laisserai pas insulter devant les autres. Je ne le mérite pas.

M. Hamel se dominait avec peine :

– Vraiment? Tu ne le mérites pas? Eh bien, mon petit, je vais te prouver que c'est bien toi le coupable! D'ailleurs, personne d'autre ne possède un crayon-feutre vert. J'ai parfaitement vu ton ami Sven te le donner pour ta fête. Viens, descendons au sous-sol et tu verras. Non, attends. Ecris d'abord quelques mots sur cette feuille : « Mon ami... Demain... Minuit. » Suffit. Viens, maintenant.

Jochen avait écrit sans protester, ni se troubler. De même suivit-il l'éducateur. Dans l'escalier, ils rencontrèrent Barberousse qui se joignit à eux.

D'un geste accusateur, Hamel désigna la porte en question :

— Tiens. Regarde...

La voix lui manqua. « Mais... ici, il y avait...

— Je l'ai effacé, monsieur, intervint Barberousse. Un coup d'éponge et il n'y paraîtra plus.

Hamel se retourna furieux :

— Comment avez-vous pu faire disparaître ainsi une preuve absolue, monsieur Winkelmann. Sans mon autorisation. Sans même m'en parler. Savez-vous que vous êtes ici en qualité de futur éducateur et non en allié de ce misérable petit voyou?

— Peut-être serait-il préférable d'adopter un autre ton entre nous devant cet enfant, monsieur, suggéra Barberousse de sa voix douce et posée.

Hamel parut sur le point d'éclater.

— Quelle mouche vous pique? Avez-vous la prétention de m'apprendre mon métier? J'ai un peu plus d'expérience que vous, et je vous interdis d'intervenir dans mes méthodes éducatives, ou de les critiquer.

— La meilleure méthode, dans ce cas précis, était, me semble-t-il, d'effacer l'inscription et de ne pas en faire un drame. De quoi s'agit-il au juste? Un gosse a griffonné sur une porte : c'est une sottise, il a eu tort, évidemment. Mais de là à le mettre au pilori... Je ne vois pas motif à s'émouvoir. C'est à mon avis, plutôt maladroit de gonfler ainsi l'incident.

– Si vous le voulez bien, nous poursuivrons cette discussion seul à seul, dans mon bureau. Tu peux t'en aller, Boxer.

– Et les punitions?

– Maintenues, naturellement. Personne, en dehors de toi, ne possède un crayon-feutre vert.

A nouveau, Barberousse intervint :

– Je ne pense réellement pas que Jochen soit le coupable. Il n'aurait pas écrit « minuit » sans « t », ni « demain » sans « a ».

– Je t'ai dit que tu pouvais t'en aller, Boxer.

Jochen obéit. Il n'y avait personne dans le dortoir, personne, sauf Sven qui se rapprocha, s'assit au bord de la couchette, attira Jochen vers lui et chuchota à son oreille :

– Tu sais, je crois connaître le coupable. Barbet prétend avoir vu Terrier prendre dans ton armoire l'étui avec les crayons. J'ai regardé. Il n'est plus sur ton rayon.

– Où est ce type?

– Avec les autres, près de la haie. Barbet est au courant, tu sais.

– Ceux-là, j'ai un compte à régler avec eux. Dès que j'aurai vu Hamel. J'y vais.

Jochen se leva, mais Sven le retint par le bras :

– Non, Jochen, laisse tomber, ça vaudra mieux. Il se passe souvent des choses pas très jolies entre nous, d'accord, mais dénoncer quelqu'un, aller cafarder chez Hamel, ça ne s'est jamais vu. Si tu t'y risques, on te le fera payer cher.

– Alors, tu t'imagines que je vais astiquer là en bas toute la semaine, ne pas sortir dimanche et rester quinze jours sans argent de poche? Tout ça à cause de Terrier?

– Manque de pot!

Sven esquissa une grimace qui ressemblait à un sourire.

– Mais je suis sûr que, dès demain, Terrier te proposera de descendre frotter à ta place et il te refilera son argent de poche. La retenue de dimanche, on ne peut pas l'éviter, mais Terrier se fera un plaisir de te tenir compagnie. Moi aussi, d'ailleurs.

Jochen n'était pas convaincu. Mais comme les autres rentraient, l'oreille aux aguets, car des éclats de voix sortaient du bureau de l'éducateur, il garda ses réflexions pour lui.

Néanmoins, il saisit au collet Terrier qui se dirigeait vers son lit :

– Où sont mes crayons, dis?

– Tes crayons, moi? Tu rêves... ça ne me regarde pas.

– Tiens-le, intervint Barbet bondissant vers l'armoire de Terrier.

Il fouilla en expert les rayons et en sortit triomphalement la pochette en plastique garnie de tous les crayons-feutre.

— Tiens, reprends ton matériel, dit-il, lançant l'étui à Jochen. Toi, Terrier, tu sais ce qui t'attend.

Comme Jochen, le soir après la douche, entamait le nettoyage du sous-sol, Terrier, silencieusement vint l'aider. Le travail achevé, très gêné, il murmura :

— Écoute, Boxer, parle aux autres, veux-tu? Je ne voulais pas voler tes crayons. Parole. Simplement m'amuser un peu. Et puis, après, j'ai oublié de te les rendre... Ça peut arriver non?

— Tu t'en es servi pour écrire des horreurs sur la porte et tu n'as pas dit un mot quand Hamel m'a accusé.

— Je ne pouvais pas, Boxer. Pas possible. Si tu savais tout ce qu'il y a dans mon dossier. Jamais je ne sortirai de cette boîte. Toi, tu viens d'arriver, ils ne vont pas te lâcher tout de suite, alors ça n'a pas d'importance. Tu as le temps d'avoir de bonnes notes. Moi, il y a quatre ans que je moisis ici et...

— Pleurniche pas. Tu aurais pu y penser avant.

— Tu parles comme Hamel. Tu réfléchis toujours à ce que tu fais, toi?

Jochen hésita :

— Non, évidemment. Mais une saleté pareille, ça jamais!

Tournant les talons, il remonta au dortoir.

Terrier le suivit en silence, très pâle. La lumière éteinte, il éleva la voix :

— Si vous l'exigez, j'irai chez Hamel dire que c'est moi le coupable.

Il n'obtint aucune réponse.

Pas question de dormir. Terrier ne comprenait que trop la signification de ce silence et il avait peur. Devant ses yeux se dressait l'image de Barbet, l'an dernier. Les autres étaient tombés sur lui pendant la nuit parce qu'il avait chipé des gâteaux dans le paquet de fête d'un autre. Quinze jours d'infirmerie, et Hamel n'avait guère cherché à découvrir les coupables : « Vous êtes ici pour vous corriger, pourquoi ne vous laisserais-je pas régler vos comptes entre vous? »

Après un silence, il avait ajouté : « Les coups et blessures sont un délit puni par la loi, songez-y à l'avenir. »

Terrier, néanmoins, restait convaincu que cet avertissement était oublié depuis longtemps.

Pas moyen d'y échapper. Les autres le puniraient. Mais quand? Pas ce soir, probablement. Ils attendraient un peu; prolongeant ainsi l'angoisse de leur victime. Mais ils n'oublieraient pas.

Terrier avait disparu. Au petit déjeuner, sa place était vide.

– Il a eu la frousse et il a mis les voiles, constata Sven avec calme. Mais ils vont le rattraper. Aujourd'hui même, probablement. Ça retardera d'autant sa sortie et il n'échappera pas à la rossée qui l'attend.

M. Hamel, de son côté, nota sans s'émouvoir l'absence de Terrier. Il en informa aussitôt, par téléphone, M. Katz. Le fuyard, ajouta-t-il, se trouvait selon toute vraisemblance, au même endroit que d'habitude et serait ramené dans la soirée.

A cet égard, Terrier ne posait pas de problèmes. De tous les garçons, il était celui qui se sauvait le plus souvent, mais il suffisait de le signaler à la police pour qu'il fût aussitôt ramené, son imagination ne l'entraînant pas au-delà d'une certaine limite.

D'autres jeunes, parfois, disparaissaient sans laisser de traces. L'an dernier, par exemple, l'un d'eux avait atteint Gênes, sans billet, et avait été rapatrié par le consulat. Certains erraient durant deux ou trois semaines, ils finissaient toujours par être retrouvés.

Terrier n'avait pas l'âme d'un grand voyageur. Comme un chien qui regagne sa niche, chaque fois qu'il se sentait menacé, puni, injustement traité, ou simplement quand il ne pouvait plus supporter la règle et la vie du Centre, il se sauvait mais n'allait pas loin.

Tout simplement, il rentrait chez lui, à la maison, cherchant asile et protection là où il n'avait jamais trouvé ni asile, ni protection. Considéré dès l'enfance comme le mouton noir de la famille, parmi ses sept frères et sœurs, ses parents étaient soulagés d'avoir une bouche de moins à nourrir. Aussi accueillaient-ils par une bonne correction ce fils, la honte de la famille, que la police viendrait inévitablement rechercher. Parfois, sans lui laisser le temps d'intervenir, le père attrapait son rejeton au collet et le ramenait personnellement au Centre, ce qui lui procurait l'occasion de se plaindre et de reprocher avec véhémence à M. Katz une incroyable négligence. Ne pouvait-on surveiller correctement une bande de galopins, alors que l'on était payé pour ça? Croyait-on, par hasard, qu'il n'avait rien d'autre à faire que de courir après son gamin? Ce n'était pas pour rien qu'on l'avait placé au Centre et, si cela se reproduisait, eh bien, il se plaindrait au Ministère!

Terrier, récupéré, restait trois jours en cellule après avoir été tondu par le coiffeur. Puis il reprenait sa place parmi les autres, restait des jours entiers sans parler à personne, pleurant dans son coin et maudissant ses parents chez lesquels, la fois suivante, il retournerait inévitablement.

– Et cette fois, il aura sa rossée en plus, affirma Sven.

Jochen hocha la tête :

– Non, on ne peut pas faire ça. Ecoute, Sven, le pauvre diable est encore plus malheureux que nous. Ma mère m'a enfermé ici, d'accord, mais si je me sauvais parce que je n'y tiendrais plus, elle ne me rendrait pas à la police pour qu'on me ramène ici. Non, je ne le crois pas, je ne peux pas le croire. Et puis, Terrier est bête, tu sais. Ce n'est pas de sa faute, il n'est pas capable de se débrouiller, sans quoi il ne reviendrait pas chez lui où il sait ce qui l'attend. Comment veux-tu qu'on le rosse? Ce n'est pas possible, Sven. Il est assez puni comme ça.

Sven n'eut pas le temps de répondre. M. Hamel se dirigeait vers eux :

– J'ai appris, dit-il, que cette fois Terrier avait une raison sérieuse de s'enfuir. Tout finit par se savoir. Boxer, pourquoi ne m'as-tu pas dit qui était le coupable?

– Je ne l'ai su qu'hier, monsieur, et nous voulions régler l'affaire entre nous.

– Vraiment?

– Mais puisque vous êtes au courant, je pense que ma punition est levée?

M. Hamel leva les sourcils, l'air surpris :

– Et pourquoi, je te le demande?

– Puisque ce n'était pas moi.

– Exact, mais tu as négligé de m'en aviser. Je réclame de vous un peu de bonne volonté et un minimum de coopération. Tu m'as trompé. Non, ne proteste pas. Tu n'as rien dit, c'est vrai, mais le silence parfois est un mensonge, comprends-le. Par conséquent, aucune raison de lever ta punition. En outre, tu m'as remis pour la dixième fois ton devoir, ce qui frise l'insolence. Tu persistes à accuser ta mère, ce n'est pas juste, tu le sais. Et tu voudrais que je sois indulgent à ton égard!

Se détournant, M. Hamel sortit. Jochen le suivit du regard. Sven, qui observait son ami, vit ses mâchoires se contracter et ses poings se serrer.

— Pas de blagues, Jochen, lui dit-il. Tu n'es pas le maître, ici. Il fait ce qu'il veut.

Terrier réapparut le soir même, lamentable, les yeux rouges. Les garçons l'entrevirent au passage, comme il entrait en cellule.

Cependant, après que Jochen eût parlé en sa faveur, le groupe tomba d'accord. Pas de correction, cette fois. Seul, Barbet éleva une protestation :

— Vous m'avez rossé, l'année dernière, et j'en avais fait bien moins que Terrier. Personne n'a été puni à cause de moi et je ne me suis pas plaint après. Alors, je ne comprends pas.

Jochen sourit :

— Je n'étais pas là, Barbet, sinon je t'aurais défendu. Écoutez, les gars, il faut se serrer les coudes. Si nous ne nous tenons pas tous ensemble, Hamel nous aura. C'est ce qu'il cherche, nous écraser et nous n'avons pas besoin de lui faciliter le travail.

Murmures d'approbation.

— Terrier n'a pas été correct, je le reconnais. Mais après tout, c'est moi seul qui en ai pâti, c'est mon affaire. Et, réfléchissez un peu. Avons-nous toujours bien agi, correctement? Si nous avions dû chaque fois recevoir une rossée, nous serions tous couverts de bleus. Toi, comme les autres, Barbet! Au fond, nous avons tous pas mal de choses à nous reprocher, et toutes ces bêtises nous les avons commises sans penser aux conséquences. Terrier est comme nous. Alors, ça permet à un type de l'espèce d'Hamel de nous traiter comme des chiens. Si nous devons nous battre contre quelqu'un, c'est bien contre lui. D'accord?

Ce discours recueillit tous les suffrages, surtout après que Jochen eût dévoilé son plan. Pourquoi avoir attendu si longtemps? Il pouvait compter sur eux, tous marchaient avec lui.

— Ce sera la « révolte des chiens », conclut Sven avec un large sourire.

chapitre 7

LA REVOLTE DES CHIENS

Debout derrière leur chaise, silencieux, ils s'étaient levés comme tous les matins, s'étaient rendus en rangs aux lavabos, la serviette sur l'épaule. Après s'être consciencieusement lavés, ils avaient rangé gants, savons, peignes, brosses à dents dans leurs pochettes, vérifié l'ordre réglementaire de leurs armoires, les grosses pièces en dessous, les petites sur le dessus en piles régulières, les souliers lustrés sur la planche d'en bas et le costume du dimanche recouvert d'un plastique. Les lits étaient impeccables. Puis ils avaient subi, debout au pied de leur couchette, la revue de détail passée par M. Hamel. Sur un signe de lui, ils avaient étendu leurs mains à hauteur de la ceinture, afin que l'éducateur pût examiner leurs ongles. Les garçons de service avaient été chercher à la cuisine le pain, le beurre, le café au lait et mis le couvert.

D'un coup d'œil, M. Hamel avait constaté – ce dont il ne doutait pas – que tout se passait correctement, comme tous les jours. Les cactus étaient arrosés, les poissons nourris dans leur aquarium.

Ils se tenaient debout, muets, les mains reposant sur le dossier de leur chaise, les yeux fixés sur l'éducateur.

– Boxer, la prière.

Silence.

M. Hamel parut étonné, puis il répéta :

– Boxer, la prière! d'un ton nettement plus sec, menaçant même.

Jochen garda le silence. Les autres attendaient, le visage tendu, anxieux, la tête imperceptiblement rentrée entre les deux épaules, comme pour s'abriter d'un orage ou d'une volée de coups.

– Boxer, tu m'entends?

La voix était dure maintenant, celle des jours de répression.

Jochen hésita un instant. Il sentait les regards des autres qui, sans tourner la tête, l'observaient de biais, à travers leurs paupières baissées, curieux de savoir si ses déclarations de la veille n'étaient que du vent, ou si, courageusement, il tiendrait tête jusqu'au bout. Dans ce cas, ses rapports avec Hamel seraient définitivement gâtés et, dans l'autre alternative, il passerait aux yeux de tous pour un vantard et un lâche.

Aussi, avalant sa salive, Jochen se raidit et répondit :

– Ouah! Ouah!

Quelques secondes d'un lourd silence, bientôt rompu par des ricanements étouffés.

— Je n'ai pas entendu, déclara M. Hamel. Qu'as-tu dit?

— Ouah! Ouah! Ouah! répéta Jochen.

Et, cette fois, sa voix retentit hostile, mauvaise, provocante, insufflant le courage aux hésitants et entraînant le groupe entier derrière elle.

Sven commença le premier, jappant comme un roquet, Barbet aboyait, Cocker vagissait, Griffon hurlait, Dogue grondait... Un vacarme incroyable emplissait la salle, semblable à celui d'une meute furieuse, défiant son maître.

Toujours immobiles derrière leur chaise, rigides, toute trace de gaieté avait disparu. Les visages durcis prenaient une expression menaçante. Les garçons montraient les dents, grondant et aboyant, la tête légèrement tendue en avant, vers l'éducateur qui, très pâle soudain, serrait nerveusement le dossier de sa chaise entre ses doigts crispés.

Pris de court, inquiet, ne sachant trop comment agir, il cria :

— Silence! Taisez-vous! Silence! Je vous ordonne de vous taire!

Peine perdue. La meute était déchaînée, même si certains se courbaient instinctivement, comme des chiens sous la cravache. Ils lançaient au visage de leur maître des bouffées de colère, de mépris, de refus de la perpétuelle et constante humiliation qui leur était imposée.

Dominant le tumulte, Hamel rugit :

– Remontez dans votre chambre. Immédiatement. Pas de petit déjeuner ce matin.

Le bruit diminua, s'affaiblit, puis expira. Les garçons interrogeaient Jochen du regard, Jochen le responsable, l'instigateur de la révolte. A lui de montrer ce dont il était capable.

Et Jochen fit face, sans aucune hésitation, sûr de lui, car il se sentait soutenu. Les autres l'avaient suivi, ils avaient tous coopéré. Hamel ne pouvait rien contre eux.

– Pas de petit déjeuner? dit-il d'une voix traînante. Pourquoi? Qui nous en empêche?

Et, s'installant à table, il se beurra lentement une tartine, bientôt imité de tous.

M. Hamel saisit au collet les deux garçons les plus proches de lui et les arracha de leur siège :

– J'ai dit : dans votre chambre. Avez-vous compris? Filez.

Mais déjà Jochen se levait. Mordant à belles dents dans son pain, il déclara, la bouche pleine :

– Après tout, on peut lui faire ce plaisir. Prenez vos tartines, nous mangerons tout aussi bien là-haut. Venez.

Et il sortit, à la tête du groupe.

Hamel les regarda partir, sans les suivre.

Seuls dans leur chambre, livrés à eux-mêmes, l'excitation fit place à l'inquiétude :

– Mince, alors, Jojo! Qu'est-ce que ça va

donner? interrogea Barbet, résumant l'angoisse générale.

— Que veux-tu qu'il arrive? Laisse-le venir. Nous verrons bien.

Assis au bord de leur lit, ils attendirent. Cinq longues minutes s'écoulèrent. Hamel ne se montrait pas. Enfin, il entra, et M. Katz l'accompagnait.

— Que se passe-t-il? interrogea le chef du Centre d'un ton bref.

— Il se passe que nous ne sommes pas des chiens, répondit Jochen, surpris lui-même de son audace. Cela nous déplaît. Nous ne sommes pas des boxers, ni des caniches, des terriers, des bassets, des dogues, ou je ne sais trop quoi? Nous avons des noms à nous, qui nous appartiennent, et M. Hamel peut les apprendre.

Tout en parlant, il se dirigea vers son armoire et arracha d'un coup sec l'image qui l'ornait. Puis il en fit autant de celle de son voisin. Mais déjà Sven était à ses côtés et, au bout de quelques minutes, les portes de toutes les armoires devinrent nettes.

— C'est Jäger qui a monté le coup, monsieur, lui seul, affirma M. Hamel. Les autres n'ont fait que suivre. C'est lui que nous devons entendre et juger. Boxer, suis-moi et viens dans ma chambre.

— Tant que vous m'appellerez Boxer, je ne vous écouterai pas. J'ai un nom.

— Assez, interrompit M. Katz de sa voix calme et posée. Nous verrons cela ensemble cet après-midi. Pour l'instant, il est l'heure de partir en classe. Monsieur Hamel, ne vous mêlez plus de cette affaire, je vous prie. Laissez-moi le soin de la régler. Jäger, cet après-midi, le déjeuner achevé, tu viendras me trouver dans mon bureau, n'est-ce pas?

– Oui, monsieur.

Cartable à la main, le groupe dompté passa sans mot dire devant M. Katz et M. Hamel pour se rendre en classe..., comme toujours.

M. Hamel, seul à son bureau, relisait son rapport en vue du prochain Comité directeur :

« Jäger ne se soumet pas; c'est un révolté. Se refuse toujours à exposer par écrit les raisons de sa présence ici. Exerce une fâcheuse influence sur le groupe. Manque d'ardeur dans le travail scolaire. Son amitié avec Sven K. me paraît peu souhaitable. J. étant nettement plus intelligent que les autres, il en éprouve un sentiment de supériorité. J'ai appris par un autre que Jäger s'arrange pour faire poster en fraude du courrier non contrôlé (j'ai souvent, à ce sujet attiré l'attention sur les faiblesses du coiffeur). Partant du fait que Jäger se montre rebelle à toute influence éducative, qu'il constitue un élément de trouble et un danger pour l'ensemble du groupe, il serait opportun, peut-être, d'envisager son déplacement dans une autre section. De toute manière, il serait bon de prévenir les parents de J. que le séjour de leur fils au Centre demande à être prolongé. »

Oui, c'était exact, juste. Pas un mot à changer. Certes M. Hamel était assez scrupuleux pour s'assurer qu'aucun de ses jugements n'avait été dicté par la colère. Non, ses appréciations étaient justes, chaque phrase disait exactement ce qu'elle voulait dire. Jäger ne pourrait pas s'estimer injustement traité. Une équité absolue n'était-elle pas la première qualité d'un éducateur?

Et cependant, M. Hamel n'était pas satisfait. Cette rébellion au petit déjeuner n'était pas une de ces flambées passagères que tout éducateur rencontre au cours de sa carrière et qui s'éteint d'elle-même parce que les coupables, au fond, savent très bien que la soumission facilite la vie et joue en leur faveur. Dans les cris et les abois de ces garçons, il y avait plus qu'une simple protestation. De la haine, ils exprimaient une véritable haine! Pourquoi? se demandait M. Hamel troublé. Qu'avait-il fait pour être ainsi détesté?

Plus encore : cette haine n'était pas aussi inoffensive qu'on pouvait le croire. Elle constituait l'amorce d'une rébellion qui, balayant l'ordre et la discipline, s'opposait ouvertement à l'autorité. Et M. Hamel ne savait pas comment la vaincre. En dépit de ses ordres, les garçons avaient déjeuné. Ils avaient refusé d'obéir, bafoué son autorité, et l'éducateur déconcerté se sentait impuissant.

Il ne répondit pas au coup frappé à la porte,

et quand le stagiaire entra, il l'accueillit par un simple signe de tête. Celui-ci, ayant achevé son stage la veille, venait simplement prendre ses affaires.

Le jeune homme rassembla quelques livres et, tout en les rangeant, observa, sans lever les yeux :

— J'ai entendu dire que vous avez eu des difficultés, ce matin?

M. Hamel eut un petit rire sans gaieté :

— Des difficultés? dit-il en haussant les épaules. Oh! Vous savez, un vieux comme moi a l'habitude de ce genre d'incidents. Ce sont les risques du métier. Il ne faut pas oublier que nous avons là de jeunes délinquants. Naturellement, c'est Jäger qui a monté le coup. Dès le premier jour j'ai su qu'il nous amènerait des ennuis. Mais il trouvera à qui parler. Je le materai, croyez-moi. Je le briserai.

Le jeune stagiaire s'assit en face du vieil éducateur.

— Je ne sais, monsieur, si je peux me permettre un avis. Vous êtes plein d'expérience et je ne suis qu'un débutant, mais je crois qu'au sujet de Jochen Jäger, vous n'avez pas entièrement raison. Vous ne devriez pas prendre cet incident tellement au sérieux.

— Pas au sérieux! Pourriez-vous me dire, puisque vous êtes si capable, comment je parviendrai à accomplir ma tâche d'éducateur si je laisse piétiner mon autorité?

— Vous venez de déclarer, monsieur, que

Jochen serait « maté ». Je pense que là, précisément, réside l'erreur. Ces garçons ne sont pas ici pour être domptés, brisés. Au contraire, nous devons chercher à les valoriser, à en faire des hommes. Comment ces jeunes réussiraient-ils plus tard, dans la vie, si dès le début on les rabaisse? Jäger, ce matin, a eu un sursaut. Il a refusé l'humiliation. Qu'y a-t-il là de si terrible?

Du geste, Hamel balaya l'objection :

– Refusé l'humiliation? Peuh! Jäger a voulu se venger, et vous savez aussi bien que moi de quoi. Je l'ai puni à cause de ces barbouillages de porte et ce n'était pas lui le coupable. Mais comme il n'était pas venu me dire ce qu'il savait – ce qui constitue une faute –, j'ai maintenu la punition. Une forte tête, voilà ce qu'il est, et il faut en venir à bout. Sinon, où irons-nous? Ces garnements finiront par s'imaginer qu'ils sont les maîtres et que les ordres, les règles, les lois ne sont que chiffons de papier. Après tout, c'est bien parce qu'ils ne les ont pas respectés qu'ils sont ici.

– Hum! fit Barberousse songeur. Admettons que vous ayez raison. Dans ce cas, pourquoi, je vous le demande, Jochen a-t-il choisi ce genre de protestation? Ce n'était pas, certainement, le fait du hasard. Un refus, plutôt. Le moyen choisi par Jäger, que vous appelez « Boxer », pour faire comprendre qu'il se sentait traité comme un chien. Il a voulu montrer qu'étant considéré par vous comme un animal, il se conduisait en animal. A parler franc, il a revendiqué sa dignité d'homme. Les autres n'ont fait que suivre, d'accord. Mais n'éprouvaient-ils pas, au fond, le même sentiment? Dites-moi, monsieur Hamel, franchement, pourquoi ces noms de chiens? Pourquoi Boxer, Barbet, Terrier, Basset et les autres?

– Il n'y a vraiment pas de quoi se fâcher protesta M. Hamel. Ce sont de petits surnoms bien inoffensifs. Allez dans les autres groupes et vous verrez qu'ils en ont tous, et il y a aussi des images collées sur les armoires, des photos de films, d'idoles, de stars. Et il y a des surnoms que je n'admets pas, parce que je les trouve blessants : Vautour, par exemple à cause d'un nez crochu, ou Boule de graisse. Je déteste ces noms qui soulignent un défaut physique, c'est pourquoi j'ai choisi ceux qui me paraissaient les plus amicaux. Croyez-vous que je n'y ai pas réfléchi? Évidemment, les jeunes stagiaires s'imaginent tout savoir, ils arrivent bourrés de lectures et de beaux principes. La pratique et la théorie, ce n'est pas la même chose, croyez-moi.

— Je vous l'accorde, monsieur. Cependant, tout le monde peut commettre une erreur, vous l'avez constaté ce matin. Et l'erreur demande à être réparée.

M. Hamel parut s'absorber dans ses papiers. Puis, sans lever les yeux, il reprit :

— Je me demande à quoi cela tient, Winkelmann. J'ai des yeux dans la tête et je vois clair. J'ai souvent constaté que vos rapports avec les garçons sont très différents des miens.

Je sais, cela peut tenir au fait que vous n'êtes pas toujours là et que vous n'avez pas besoin d'avoir l'œil à tout. Vous êtes jeune aussi, cela compte. Mais je me donne de la peine, moi aussi. Au fond, je les aime bien, ces galopins et, parfois même, voyez-vous, il y en a devant lesquels je me dis : « Celui-là, j'aurais voulu l'avoir pour fils, et alors, il ne serait pas ici. » J'ai toujours rêvé d'un fils, Winkelmann, mais je ne me suis jamais marié. Plus très jeune après la guerre, et pas de quoi fonder un foyer. Au début, je me suis dit que je trouverais ici beaucoup de fils. Mais ils n'avaient aucune envie de m'avoir pour père, et puis, ils ne remplacent pas un vrai fils. Prenez Terrier, par exemple. Je l'aime bien. Il n'est pas très malin, mais vos propres enfants ne sont pas toujours des lumières. J'ai souvent eu le sentiment qu'il y avait du bon en lui, et j'aurais voulu remplacer son père. Mais ce gamin! Chaque fois qu'il a des difficultés, il pourrait venir me trouver, je ne demanderais pas mieux que de l'aider. Que fait-il? Il court chez son ivrogne de père qui, au fond, est le premier responsable de la situation. Il court chez ce pochard, cette brute, tout en sachant parfaitement ce qui l'attend. L'avez-vous vu, au retour? Couvert de bleus! Pourquoi Terrier ne vient-il pas plutôt chez moi?

Barberousse resta longtemps silencieux. Enfin, il dit :

– Mon père n'est pas très différent de celui de Claus, que vous appelez Terrier. Pas tellement. J'ai reçu ma part de corrections, vous pouvez me croire, et la plupart du temps elles n'étaient guère méritées. Néanmoins, je suis toujours revenu chez mon père dans les mauvais moments. Aujourd'hui encore. Certes, il ne me cingle plus à coups de cravache, mais avec des mots qui font mal.

J'y retourne, pourquoi? Je ne me le suis jamais demandé, mais vous venez de poser la question. C'est, je crois, parce que j'ai le sentiment que mon père me doit quelque chose. Nous sommes solidaires, même s'il ne veut pas l'admettre. Et puis..., je ne sais pas, de vagues souvenirs peut-être, chez Claus comme chez moi. Il n'y a pas eu que des coups. Quelquefois, une bouffée de tendresse, des mots qui faisaient du bien. L'espoir subsiste de les entendre à nouveau.

– Des mots! De la tendresse! Facile à dire. Il y a là du vrai, probablement, mais j'ai ici seize garçons et pas seulement un ou deux. Je ne m'en vais pas au travail pour rentrer le soir, mais je suis avec eux toute la journée, sauf pendant les heures de classe. Ils ne sortent pas un beau jour, de l'âge ingrat pour devenir raisonnables et meilleurs qu'on ne l'espérait. Mais ils s'en vont avant et font place à d'autres avec qui il faut recommencer. Je ne sors jamais de l'âge ingrat. Voyez-vous, Winkelmann, au début, ils me faisaient pitié, ces gamins qui échouaient chez nous comme des épaves. J'avais envie de les prendre dans mes bras et de les laisser pleurer un bon coup. Ne le faites jamais. Cela ne sert qu'à rendre votre situation plus difficile. Dans ce métier, il faut garder ses distances : les garçons d'un côté, le maître de l'autre. C'est dur. A cinquante-trois ans, je commence à me sentir usé. Toujours des nouveaux, d'autres garçons qu'il faut étudier et qui me posent des problèmes que je ne parviens à résoudre qu'à l'aide d'ordre, de discipline, d'autorité. Voilà la réalité, sans tendresse, ni attendrissement.

Barberousse hocha la tête :

– Je vous comprends. Cependant, j'envisage la situation sous un angle un peu différent. Il y a sans cesse de nouveaux arrivants et chacun, dites-vous, pose de nouveaux problèmes. Je dirais plutôt : chacun d'eux a ses propres problèmes. Là réside la différence. Pourquoi cet établissement se nomme-t-il « Centre d'éducation surveillée »? Nous y recevons les jeunes, nous les nourrissons bien, dans l'ensemble; ils sont logés, vêtus décemment, instruits – plus ou moins bien –, mais l'accueil? Est-il réellement ce qu'il devrait être? Ici, nous avons un enfant pour qui son père représentait le modèle, le chef, et voilà ce père en prison! Un autre se débat avec des problèmes d'adaptation; nous en avons un qui faisait le guet pendant que son propre père et son grand frère cambriolaient les lieux. Celui-ci, retardé, était un objet de moquerie parce qu'il bégayait, et il s'est un jour aperçu que, grâce à ses poings, il pouvait être le plus fort. Chacun nous pose un problème différent. Notre rôle n'est-il pas de faire comprendre qu'un père n'est jamais parfait, que nous avons tous des défauts, qu'il faut savoir excuser, pardonner, apprendre à résister aux mauvais exemples?

Au lieu de cela, nous instituons une règle, une méthode éducative qui est la même pour tous et, après des années d'effort, nous espérons que les garçons qui nous quittent, ne retomberont pas dans les mêmes erreurs. Mais que devient un jeune ainsi lancé dans la vie, écrasé sous le poids de ses fautes? C'est ainsi, monsieur, et il faut changer de méthode, sinon le Centre d'éducation n'est qu'un leurre. Il n'aide pas les jeunes à sortir du bourbier, il n'en fait pas des hommes. Il retire de la société des éléments perturbateurs pour lui rendre ensuite des êtres amoindris, brisés, en marge... Il faut changer cela.

Après un silence, il ajouta :

– Mais ce sera difficile.

– Jochen, dit M. Hamel au repas de midi,

n'oublie pas que M. Katz t'attend dans son bureau.

Il avait dit « Jochen ». Tous le remarquèrent.

chapitre 8

« MAMAN, REPRENDS-MOI »

Une convocation chez M. Katz n'avait rien de réjouissant. Le chef du Centre n'intervenait que dans les cas épineux : sanctions graves, soutien à un éducateur en difficulté. Lui seul décidait des transferts d'un groupe à un autre. Par contre, il prévenait également les intéressés de leur prochaine libération.

Jochen savait ce qui l'attendait. Quand, après le repas, il se dirigea vers le bureau directorial, il ne comptait sur aucune indulgence. A la fois inquiet, incertain et buté, le cœur battant à grands coups, il entra dans la salle d'attente.

Un stagiaire, occupé à remplir des formulaires, le regarda d'un air compatissant et, montrant du doigt la porte :

– Le patron t'attend. Bon courage, petit. Entre.

M. Katz, toujours courtois, se souleva à demi de son siège pour accueillir Jochen et lui désigna du geste une chaise. Puis, tirant quelques feuillets d'un amas de papiers, il les lut lentement. Au bout d'un temps assez long, il leva les yeux et regarda Jochen qui, bien qu'ayant préparé un long plaidoyer pour sa défense, attendait, de plus en plus mal à l'aise.

D'un ton net et ferme, M. Katz entama l'entretien :

– J'ai reçu d'un avocat, maître Gernau, une lettre dont je vais te lire les principaux passages pour que tu saches de quoi il est question. Voici ce qu'écrit maître Gernau :

« Ces dernières semaines, mon fils Axel a reçu plusieurs lettres d'un de vos pensionnaires, Jürgen-Joachim Jäger. Ce garçon supplie mon fils de l'aider à sortir de votre Centre, dont il parle d'une manière à la fois singulière et injurieuse. Certaines phrases laissent supposer qu'il attend de mon fils une aide pouvant faciliter sa fuite. Interrogé et sommé de dire la vérité, mon fils affirme avoir rencontré par hasard ce Jäger, mais ne s'explique pas pourquoi celui-ci s'adresse à lui. Mon fils déclare n'avoir pas répondu à ces lettres et, sur ma demande, me les a remises. Je vous les communique ci-joint afin que vous soyez au courant; j'estime qu'elles peuvent vous être utiles. Je vous serai reconnaissant de veiller à ce qu'il n'y ait à l'avenir aucun échange de lettre entre mon fils et votre pupille. Vous comprendrez certainement l'importance que j'attache aux relations de mon fils et je compte sur votre stricte surveillance à ce sujet.

« Croyez, je vous prie...

M. Katz fit une pause avant de poser la feuille et, observant Jochen, remarqua à quel point celui-ci paraissait atteint et troublé. Il reprit :

– J'ai lu également tes lettres à cet Axel et je dois reconnaître que les observations de maître Gernau semblent justifiées. Peu m'importe la manière dont tu juges notre Centre : bagne, prison sont les termes les plus doux. Mais j'ai peine à croire que cet Axel ne soit pour toi qu'une relation fugitive. On n'écrit pas de telles lettres à un inconnu. Il y a là quelque chose qui ne cadre pas. D'autant que, selon M. Hamel, tu écris à ta mère que tu te plais ici et que tu veux y rester. Alors? Veux-tu avoir confiance en moi et m'expliquer où tu as rencontré cet Axel Gernau, et dans quels termes vous étiez avant ton arrivée ici?

– Non.

– Comprends-moi, Jäger. Axel ne m'intéresse pas et rien ne sera retenu contre lui. Je désire t'aider, mais ce n'est possible que si j'arrive à te connaître et à savoir ce qui se passe dans ta tête. Sois franc avec moi, c'est pour ton bien. Le comprends-tu?

Jochen secoua négativement la tête, et un coup d'œil sur son visage fermé suffit à convaincre M. Katz qu'il était inutile d'insister.

– Bien. Comme tu voudras.

Après avoir posé la lettre, il ouvrit un dossier sur lequel était inscrit en grosses lettres : Jürgen-Joachim Jäger.

– Ce que je lis dans les rapports de ton éducateur semble bien indiquer qu'il est difficile de parler raisonnablement avec toi. Il y est noté : « Indiscipliné, sans maturité. Rebelle à toute influence éducative. Constitue un danger pour l'ordre et l'ensemble du groupe. » Plutôt décourageant à mon sens! Qu'en penses-tu?

M. Katz se leva et vint s'asseoir auprès de Jochen :

– Il me semble, poursuivit-il, que tu n'as pas encore très bien compris la situation. Cela se voit dans les devoirs que tu as remis à M. Hamel et dans lesquels pas un mot ne permet de croire que tu mesures la portée de tes actes. Tu es entré chez nous par la voie du placement libre et volontaire. C'est-à-dire que ta mère elle-même nous a demandé de t'accueillir et a signé ton bulletin d'admission au Centre. Elle peut te reprendre quand et comme elle voudra. Mais pour peu qu'elle soit une femme sensée – ce dont je suis certain –, elle ne te retirera pas sans prendre notre avis. Rends-toi compte de ce que nous pourrions lui dire si elle venait nous le demander aujourd'hui. Crois-tu vraiment que je pourrais, en conscience, conseiller à ta mère de te ramener chez elle?

Il se tut, attendant une réponse. Celle-ci ne venant pas, il poursuivit :

– C'est ainsi, vois-tu, et je n'y peux rien. Tout dépend de toi. Si tu t'appliques à nous satisfaire, si tu fais des efforts pour t'améliorer de telle sorte que tes rapports avec ton éducateur soient meilleurs, ton séjour ici s'en trouvera considérablement abrégé. Sinon, il risque de se prolonger plus que tu ne l'imagines. Et cela, tu ne le désires pas, j'en suis certain. Je n'ai donc qu'un conseil à te donner : plie-toi à la règle, donne-toi de la peine, essaie de mieux t'entendre avec ton éducateur.

Et, retournant s'asseoir à son bureau :

– Le cirque de ce matin ne va pas précisément dans ce sens. Je ne veux pas savoir comment tu en es arrivé à monter cette sotte comédie. Je n'attache pas grande importance à ce genre d'enfantillages. Mais, ton dossier s'en trouve-t-il amélioré et, par conséquent, ta sortie facilitée, je te pose la question? C'est tout, va, tu peux disposer.

Jochen se leva, salua et se dirigea vers la porte.

– Un mot encore.

Et Jochen se retournant, vit pour la première fois un sourire éclairer le visage de M. Katz.

– Laisse-moi te dire que M. Hamel aime beaucoup les chiens. Il les adore même. Malheureusement, il n'a pas le droit d'en avoir ici, c'est contraire au règlement. Ainsi, je suis convaincu que Boxer, Basset ou Terrier sont pour lui de petits noms d'amitié, et pas du tout une insulte. Néanmoins, je l'ai prié de ne plus les employer à l'avenir. Voilà. Tu peux t'en aller.

Cher Axel,

Je sors de chez le directeur. Il m'a lu la lettre de ton père. Ne te fais pas de bile, à partir d'aujourd'hui je ne t'écrirai plus. Ne crains rien. Absolument rien. Nous nous sommes rencontrés par hasard, comme tu l'as dit à ton père, et les gens que je connais à peine ne m'intéressent pas. J.

Le soir même une bataille rangée, sans cause apparente, eut lieu dans la cour. Quelques paroles lancées en l'air, un échange de coups, des soutiens arrivant en renfort des deux côtés, et la cour ne fut bientôt qu'une mêlée confuse de corps qui se battaient, se griffaient, se mordaient. Jusqu'au moment où les éducateurs, attirés par le bruit, s'interposèrent et séparèrent les combattants.

Après enquête, il fut établi que Jochen était à l'origine de la bataille. Indiscutablement! Sans raison apparente, il s'était jeté sur un garçon appartenant à un autre groupe et tout avait été déclenché.

Tandis que les adversaires haletants se calmaient, Jochen contemplait son genou qui saignait abondamment.

– Va à l'infirmerie trouver la sœur, conseilla Sven. Il ne faudrait pas qu'il entre des saletés là-dedans.

La sœur, qui faisait partie du Centre depuis une quinzaine d'années environ, était efficace et gentille. Très aimée, elle se refusait à quitter son poste, en dépit de ceux qui, en un temps où les infirmières capables étaient très recherchées, s'étonnaient qu'elle s'obstinât à soigner ces garnements suspects.

– Pourquoi seraient-ils plus difficiles que les autres? répondait-elle. Ce ne sont que des racontars, de méchants bavardages. En quinze ans, je n'ai jamais eu d'ennuis. Une fois seulement un de ces enfants a essayé de chiper un flacon d'alcool dans l'armoire à pharmacie. Je l'ai pris sur le fait, et je vous jure qu'il n'en menait pas large. Ce ne sont pas des voyous endurcis. Pas du tout. De pauvres petits plutôt, bien inoffensifs et malheureux, qui pincent les lèvres et serrent les dents pour ne pas crier quand je leur fais mal, qui savent très bien quels sont les meilleurs bonbons contre la toux, et qui sont ravis de rester un jour ou deux au lit, chez moi, quand l'occasion s'en présente.

Sans s'émouvoir, elle nettoya la plaie de Jochen, sourit à la grimace causée par la brûlure de l'alcool, hésita un instant entre l'albuplast ou une bande, et se décida pour le bandage qui immobilisait quelque peu le genou, preuve, estimait-elle, que le blessé n'avait guère pu prendre une part active au combat. Tout en inscrivant sur son cahier le détail des soins, elle dévisagea longuement Jochen.

– Tu as l'air en pleine santé, observa-t-elle. Je ne t'ai encore jamais vu ici, c'est bon signe.

– Ça va, merci, répondit Jochen non sans fierté.

– C'est dommage! riposta la sœur en riant, j'aime bien les gentils visiteurs.

Ce disant, elle caressa les cheveux bouclés qui avaient déjà repoussé et que Jochen aplatissait tous les matins à grand renfort d'eau afin qu'Hamel ne les remarquât pas. Un passage chez le coiffeur était toujours à éviter.

Quand Jochen revint de l'infirmerie, M. Hamel le cherchait. Sans la moindre allusion aux incidents de la cour, il se contenta d'ordonner d'un ton bref :

– Va te donner un coup de brosse, lave-toi les mains et coiffe-toi. M. Katz t'attend.

M. Katz? Être rappelé aussi vite par l'autorité supérieure, cela ne présageait rien de bon. Un pugilat entre garçons ne justifiait pas l'intervention du chef de l'établissement. Les éducateurs réglaient d'ordinaire la question en distribuant quelques légères punitions. Seuls, les éléments jugés foncièrement mauvais et sans espoir ne bénéficiaient d'aucune indulgence. Comptait-il réellement parmi ces réprouvés? En toute honnêteté, Jochen ne se croyait pas aussi coupable.

Le stagiaire devant sa table, leva les yeux. Cette fois, il souriait :

– Va, petit. Le patron t'attend.

M. Katz se leva à l'entrée de Jochen :

– Voilà votre fils, madame Jäger. Qu'as-tu au genou, Jochen?

– Oh! Rien, répondit Jochen ayant peine à réaliser qu'en face de lui, sa mère le regardait avec un sourire dont on ne savait s'il exprimait le plaisir ou la gêne.

– Maman!

Un instant, le visage de Jochen s'éclaira et ses yeux brillèrent. Puis, comme un rideau qui tombe, la lueur s'éteignit. Raide et gauche, il avança de quelques pas et attendit.

– Jochen paraît s'adapter assez bien, dit M. Katz et Jochen n'en crut pas ses oreilles. Quelques petites difficultés au début, mais nous y sommes habitués. J'ai bonne impression, madame, et je pense que nous remettrons rapidement ce garçon dans le droit chemin. D'ici quatre à cinq mois, six peut-être, nous pourrons envisager, je l'espère, de vous le rendre...

Jochen sursauta. Six mois! Ce Katz en parlait à son aise. Il trouvait ça rien!

– ...et maintenant, je vais vous laisser bavarder seuls tous les deux. Puis-je vous prier, madame, de passer dans la salle réservée aux visites. Naturellement, Jochen pourra vous faire les honneurs du Centre, si vous le désirez. Je vais également prévenir M. Hamel, son éducateur, afin que vous puissiez avoir un entretien avec lui. M. Hamel est un homme sérieux, plein d'expérience, et il vous parlera de Jochen mieux que je ne saurais le faire.

M. Katz se leva, ouvrit une porte qui donnait accès à une pièce voisine, fit signe à Jochen et à sa mère d'y entrer, et referma la porte sur eux.

Seuls en face l'un de l'autre, pris au dépourvu, ils ne savaient comment entamer la conversation. Finalement, la mère s'assit, posa son sac sur la table et en tira plusieurs paquets.

– Je t'ai apporté quelques douceurs, Jochen.

D'un air intéressé, Jochen contempla les provisions empilées sur la table, mais se garda bien de manifester la moindre satisfaction. Au contraire, il murmura :

– Merci, mais nous avons tout ce qu'il nous faut ici.

Le doigt de la mère indiqua le second fauteuil :

– Je suis contente que tu ne manques de rien.

« Comment peut-elle dire une bêtise pareille, songea Jochen. Je manque de tout. »

– Tu te plais, ici?

– Oui, les garçons de mon groupe sont très gentils, de chics types. Sven, par exemple, c'est mon meilleur ami. Et Hamel, je veux dire M. Hamel, est un vrai père pour nous. J'aime aussi beaucoup la sœur de l'infirmerie.

La mère regarda son fils. Il mentait, c'était évident. L'expression du visage contredisait les paroles :

– Tu ne regrettes pas la maison, alors?

Regretter la maison? Jochen esquissa une moue de mépris :

– C'est bien plus amusant ici. On est nombreux, entre copains, comme si j'avais des tas de frères. A la maison, j'étais toujours seul.

Le regard indiquait clairement que ces paroles cherchaient à la blesser. La mère le sentit, mais volontairement elle évita ce regard, et s'attacha aux mots car, ce qu'elle avait à dire à son fils s'en trouvait facilité :

– Ton éducateur est content de toi?

– Tu as entendu M. Katz. Ils sont très contents de moi. Personne ne m'embête ici et, en classe, je suis le meilleur.

– Vois-tu, reprit la mère, j'ai eu raison finalement de te placer ici. Tu étais sur une mauvaise pente, Jochen, et je ne pouvais pas l'admettre. Que serais-tu devenu? Ici, tu vas te reprendre et tu deviendras un homme. Tu es mon seul fils, Jochen, et je voudrais pouvoir, un jour, être fière de toi. Tu ne t'en rends pas compte, mais un jour tu comprendras que j'ai agi pour ton bien et tu m'en seras reconnaissant, j'en suis sûre.

– Très reconnaissant, affirma Jochen. Tu ne pouvais rien faire de mieux.

La mère était de plus en plus mal à l'aise.

– Ce n'est pas jour de visite, aujourd'hui, mais je suis si rarement libre et M. Katz a bien voulu me permettre de te voir. C'est que..., j'ai à te parler, Jochen.

– Oui?

– Écoute, mon petit, tu connais Albert..., je

veux dire M. Möller? C'est un homme bien et travailleur; il a un bon commerce où je peux l'aider, moi aussi. Alors, nous avons pensé..., c'est-à-dire nous nous sommes mis d'accord pour nous marier.

Jochen ne broncha pas et murmura :

– Tous mes vœux.

La mère reprit précipitamment :

– Je sais que tu n'aimes pas beaucoup M. Möller, mais c'est surtout parce que tu le connais mal. C'est vraiment quelqu'un de très bien, Jochen, pas du tout comme ton père. Avec le temps, vous ferez mieux connaissance et vous finirez par vous entendre, j'en suis sûre. Ne va pas t'imaginer que M. Möller t'en veut. Pas du tout. Il s'inquiète de ton avenir. Au fond, il t'aime bien, Jochen, il me l'a dit lui-même. Mais il faut le temps et, quand il sera ton beau-père...

– Le mariage, c'est pour quand?

– Dans quinze jours.

– Si vite!

– Une fois que la décision est prise... Aujourd'hui en quinze, ce sera la veille dc la noce et samedi le mariage. Une vraie fête, avec beaucoup d'invités..., dans le commerce, tu sais... M. Möller te fait bien saluer et il sera très content que tu viennes, j'en ai parlé à M. Katz. Aujourd'hui en quinze, tu viendras à la maison...

– Pour y rester?

Un instant, Jochen changea d'attitude; son regard et sa voix trahirent son émotion.

La mère détourna les yeux :

– Non, pas encore, c'est trop tôt, Jochen. Tu as entendu ce qu'a dit M. Katz. Quelques mois encore, cinq ou six peut-être, et nous pourrons parler de ta sortie, mais...

Elle parut hésiter comme pour rassembler son courage et, d'une voix ferme et légèrement durcie :

– ...M. Möller estime qu'il vaudrait mieux pour toi que tu ne rentres pas tout de suite à la maison. Il te prendrait volontiers comme apprenti dans son commerce, puisque nous allons nous marier. Il n'a pas d'enfant, tu sais et quelqu'un héritera de son affaire, plus tard. Mais il estime que, pour l'instant, c'est trop tôt. Trop de gens dans le voisinage savent ce que tu as fait, cela ferait jaser, comprends-tu? C'est pourquoi il pense, quand nous te reprendrons, te placer chez un de ses amis qui s'occupera de toi. Ce serait ici, dans la ville, tu pourrais loger chez lui, ou dans un Foyer, à ton choix. Tu viendrais nous voir le dimanche et, en attendant que tu sois au courant, le temps aurait passé, les vieilles histoires seraient oubliées et tu pourrais revenir à la maison la tête haute. Au début, ça ne me plaisait pas trop, j'étais plutôt contre : « Écoute, Albert, ai-je dit, si nous le reprenons, il aura un chez lui normal et il sera mieux surveillé. Seule, je ne pouvais pas m'en occuper. Jochen n'est pas mauvais, ai-je dit, il a un bon fond, je le sais. » Mais Albert ne voit pas les choses comme ça. Il pense à l'affaire, au commerce, c'est juste. Tu ne t'en rends peut-être pas compte maintenant, mais plus tard tu reconnaîtras que nous avons agi pour ton bien. Je suis ta mère, vois-tu, et M. Möller a de l'affection pour toi.

– Oui, oui, tout s'arrangera, marmotta Jochen, jouant avec un sachet de bonbons qui traînait sur la table.

– Je suis contente de voir que tu es raisonnable, Jochen. Si tu as besoin de quoi que ce soit, écris-nous. M. Möller lui-même l'a recommandé. Il veut aussi que je t'achète un costume neuf pour le mariage, il faut que tu sois beau devant tous les invités. J'en ai parlé à M. Katz qui a promis de s'en occuper lui-même. Tu seras entièrement habillé de neuf et M. Katz nous enverra la facture.

– Oui.

Il ne restait plus à rien à dire. La mère regarda sa montre :

– Veux-tu que je te fasse visiter le Centre? demanda Jochen cherchant à retenir sa mère le plus longtemps possible.

– Non, pas aujourd'hui, Jochen. Je le regrette, mais je n'ai pas le temps. Il faut absolument que je retourne au magasin. Ce sera pour la prochaine fois, quand je reviendrai le jour de visite. Ton beau-père m'accompagnera sûrement et nous pourrons rester plus longtemps.

– Comme tu voudras, dit Jochen d'un ton neutre.

La mère sortit de son sac une grosse poche

en plastique dans laquelle Jochen entassa ses cadeaux et, tout étant dit, il ne restait plus qu'à se séparer.

— Allons, il faut que je m'en aille, soupira la mère. Tu m'accompagnes jusqu'à la grille?

Côte à côte, ils cheminèrent, du bâtiment central à la sortie, le long du terrain de sport et des pavillons abritant les divers groupes de pensionnaires. Jochen, un peu surpris, songea que sa mère semblait avoir oublié l'entretien prévu avec M. Hamel. Après tout, l'opinion de l'éducateur ne l'intéressait probablement pas, et cela valait mieux.

Sur leur passage, les garçons se retournaient et les suivaient des yeux, lançant des regards de convoitise sur le paquet que portait Jochen, et songeant, avec tristesse peut-être, à la dernière visite de leurs parents, ou à l'absence totale de visites.

— Hep! Jochen! s'écria Sven, abandonnant une partie de ballon.

— C'est Sven, mon ami, expliqua Jochen. Et voilà ma mère. Dis, Sven, porte ce paquet dans la chambre, veux-tu?

Sven prit le sac en plastique et partit en courant.

— Il a l'air gentil, ton ami, dit la mère.

— Très gentil, affirma Jochen. Il a fait quelques bêtises, mais à part ça c'est un chic garçon. Le meilleur de tous, ici.

Ils avaient atteint la grille. La mère s'arrêta, indécise, ne sachant que dire. Mal à l'aise, elle tendit la main à son fils :

– Au revoir, mon petit, sois sage.

Jochen saisit la main tendue. Brusquement, d'un geste spontané, il se rapprocha de sa mère et se serra contre elle :

– Maman, emmène-moi! Sors-moi d'ici. Je n'y tiens plus. Je t'en prie.

Sans s'occuper de ceux qui le regardaient, ni craindre de passer pour un bébé, il répéta :

– Reprends-moi. Ne me laisse pas ici...

Des sanglots étouffés étranglaient sa voix et il ravala ses larmes, comprenant instinctivement qu'il était inutile d'insister.

La mère lui caressa les cheveux, le serra légèrement contre elle et murmura :

– Ce n'est pas possible, Jochen, tu le sais. Un peu de patience. Ce ne sera plus très long. Tu m'as dit toi-même que tu te plaisais ici. Mieux qu'à la maison.

– Emmène-moi, redit-il, mais sans espoir cette fois.

Profondément déçu, il en voulait encore davantage à sa mère. Comment pouvait-elle feindre ainsi de croire à ses mensonges?

– Allons, Jochen, du courage. Je reviendrai bientôt. Au prochain jour de visite. Mais auparavant, c'est toi qui viendras pour la noce. Ce sera très amusant, tu sais.

– Oui, acquiesça-t-il froidement. Très amusant.

– Là, tu vois. Veux-tu que je salue M. Möller de ta part?

– Comme tu voudras. Ça m'est égal.

La mère sortit, se retourna et fit un signe

d'adieu. Jochen leva la main, comme pour la retenir, mais elle était loin déjà.

A travers la grille, il vit l'autobus arriver et la mère y monter. D'un geste brusque, Jochen s'essuya les yeux du revers de la main.

Il resta quelques minutes ainsi, regardant au-dehors. Une femme passa, tenant par la main un garçonnet de cinq à six ans, et Jochen l'entendit qui expliquait :

— Tu vois, c'est ici que l'on enferme les garçons qui ne sont pas sages.

— Oh! Mais je suis sage, moi, n'est-ce pas? dit le petit.

Jochen ne comprit pas la réponse.

— Vieille bique! grommela-t-il entre ses dents.

Puis, tout haut, comme pour prendre le monde entier à témoin :

— Moi, je vais jouer au ballon avec ces voyous. Et après, ils pourront s'empiffrer de toutes les bonnes choses que cet excellent M. Möller m'a si généreusement envoyées. Je n'y toucherai pas. Jamais! Pas une miette... Mon beau-père! Non, mais, laissez-moi rire!

chapitre 9

LE BAL

M. Katz en personne s’occupa des achats prévus pour Jochen et le conduisit dans un grand magasin. L’occasion se présentait rarement d’habiller un garçon sans regarder à la dépense. Mme Jäger avait recommandé de ne pas lésiner.

Amusé, il regarda Jochen se promener avec intérêt parmi les rayons, choisir des modèles et passer dans le salon d’essayage. M. Katz le laissa entièrement libre de son choix, se bornant à un conseil discret quand Jochen s’emparait d’un modèle un peu trop voyant. Très coopérant, il palpa l’étoffe, discuta le prix, donna son avis sur la chemise et la cravate qui allaient le mieux avec le costume, et quand Jochen se fut enfin décidé, il suggéra que des souliers neufs et des chaussettes assorties étaient indispensables à la perfection de l’ensemble.

Jochen qui, jusqu’à ce jour, avait détesté ce genre de courses, en jouissait pleinement. Il se sentait libre et plein d'importance devant le vendeur, et se contemplait avec satisfaction devant la glace. Il était plus élégant qu'Axel.

Seule ombre au tableau, la perspective de la cérémonie pour laquelle il était ainsi vêtu de neuf. Cette pensée le troublait profondément, même si tous les garçons de son groupe l'enviaient de partir ainsi passer trois jours chez lui.

M. Katz était surpris de l'entrain et de la confiance que manifestait Jochen. Les rapports de M. Hamel, qu'il lisait toujours attentivement, dépeignaient un tout autre garçon. Peut-être vaudrait-il mieux diriger cet enfant vers un autre groupe. Un éducateur et un pupille qui ne s'entendaient pas, cela pouvait arriver, et, dans ce cas, le jeune supportait mal le jugement sévère qu'en toute conscience l'éducateur portait sur lui. Un changement amenait parfois une véritable transformation. Surtout si l'on évitait de communiquer, au nouvel éducateur, les observations de l'ancien. M. Katz se promit d'étudier la question dans les semaines à venir. Le moment lui paraissait mal choisi; il s'était, ces derniers temps, élevé pas mal de difficultés entre M. Hamel et Jochen. Ce dernier eût risqué de considérer une telle mesure comme un triomphe.

– Je peux garder mon costume neuf jusqu'au Centre? avait demandé Jochen.

M. Katz avait acquiescé et, marchant dans la rue avec Jochen, il ne put s'empêcher de penser que, père, il eût été fier de promener un tel fils.

– Que dirais-tu d'un bon chocolat avec des gâteaux? demanda-t-il.

Et, sans attendre de réponse, il entra dans un grand café très animé en cette fin de journée.

Trois musiciens entretenaient l'ambiance. M. Katz prit lui-même un café, secrètement amusé et touché de l'ardeur avec laquelle Jochen engloutissait deux énormes choux à la crème.

« Quel dommage, songea-t-il, de ne pas être soi-même éducateur et plus en contact avec les enfants. Malheureusement, pour un chef de Centre, c'est difficile. Avec toute cette paperasse, ces rapports, ces comptes, ces états, où trouver le temps de s'occuper des jeunes? »

M. Katz avait été, jadis, un bon éducateur. Les jeunes stagiaires qui passaient au Centre, souriaient et le trouvaient « vieux jeu, pépère », mais reconnaissant ses réelles qualités, ils l'estimaient.

– Ne vous contentez pas d'une impression générale quand vous lisez un dossier, disait-il. Il y est toujours trop peu question des parents, et j'ai souvent l'impression que c'est eux qu'il faudrait rééduquer. Trois années d'apprentissage sont nécessaires à un cordonnier pour savoir fabriquer correctement une paire de souliers. L'on devient père sans aucune préparation, et l'on s'arroge le droit de décider de l'avenir d'un être humain. Si le cordonnier rate son travail, il le jette et recommence. Tout au plus, son patron s'il en a un exige-t-il le remplacement de ce qui a été gâché. Pour les parents, si leur enfant commet un faux-pas, c'est toujours de sa faute, et ils viennent nous trouver pour réparer les dégâts.

M. Katz se méfiait surtout des parents qui mettaient eux-mêmes leurs enfants au Centre, en placement libre et volontaire. Il ne les comprenait pas et, souvent, confiait à sa femme :

– Si notre fils avait commis des erreurs, nous aurions été tristes, déçus peut-être, mais nous l'aurions gardé, et j'en aurais tiré quelque chose...

Sa femme, alors, restait silencieuse. Ils avaient perdu, à l'âge de six ans, leur fils unique, atteint d'une grave maladie...

– Dis-moi, Jochen, interrogea-t-il, comment te trouves-tu chez nous?

– Mal! répondit Jochen la bouche pleine, avec un regard d'excuse.

– C'était mieux chez toi?

– Cent mille fois mieux!

M. Katz remua son café et n'insista pas. Après un long silence, il reprit :

– La maison qui pourrait remplacer le foyer familial n'existe pas encore, Jochen. Nous devrions peut-être y travailler mieux, faire plus d'efforts en ce sens. Mais il faudrait nous y aider, un petit effort de votre part aussi. Il en est, parmi vous, qui ne sont pas capables de réfléchir et ne comprennent pas que nous cherchons à les aider, à les soutenir. Mais toi, tu as l'esprit clair, tu es intelligent. Essaie de coopérer afin que tout aille mieux. Plus d'histoires, ni de rancunes. Je ne dis pas cela pour faciliter la tâche de ton éducateur. Certainement pas. Mais, si ta mère apprenait qu'elle peut bientôt te reprendre, cela vaudrait mieux, tout de même. Veux-tu faire un effort dans ce sens, te prendre en main et ne plus te laisser aller à tes humeurs?

Jochen leva les sourcils, étonné. Puis il sourit :

— Oh! Je peux toujours essayer.

— Promis?

— Promis.

— Je vous ai apporté ce petit bouquet parce que vous vous êtes donnée de la peine pour moi, expliqua Jochen tendant à la sœur une poignée d'herbes folles parsemées de quelques fleurettes, dénichées à grand-peine sur les maigres pelouses.

— Que tu es gentil! s'exclama la sœur caressant à nouveau les boucles brunes.

Si les autres l'avaient vu, quel feu roulant de plaisanteries et de railleries! Mais, seul à l'infirmerie, Jochen, sans le montrer, était heureux de faire plaisir à quelqu'un. Assis sur une chaise, il souleva son genou bandé.

— Je l'ai changé hier, Jochen, dit la sœur.

Ce n'est pas la peine de le défaire aujourd'hui, et, d'ailleurs, tu es presque guéri. Sois tranquille, tu ne boiteras pas le jour de la noce.

— Si j'y vais, marmotta Jochen baissant la tête.

— Comment? Ce sera très amusant.

— Je n'en ai pas envie.

La sœur hocha la tête.

— Envie ou non, il faut y aller. Si ta mère le désire, tu ne peux pas le lui refuser. Ce ne serait pas bien. M. Katz est de cet avis, et il t'y conduira.

— Mais je ne peux pas souffrir ce M. Möller qui va devenir mon beau-père. Lui non plus ne m'aime pas. Il ne veut pas que je rentre à la maison. Il veut me placer dans un centre d'apprentissage, chez des amis à lui, pour que j'apprenne le métier d'épicier, et je ne veux pas.

— Quel métier te plairait?

— Je ne sais pas. Je n'ai rien contre le commerce, mais je ne veux pas, plus tard, travailler dans le magasin de M. Möller. Ça non. Jamais!

La sœur sourit et, du ton dont on calme un enfant en colère :

— Allons, allons, puisque ta mère l'épouse. Tu désires vivre auprès d'elle, n'est-ce pas?

Jochen secoua négativement la tête :

— Non. Elle cherche à se débarrasser de moi, maintenant qu'elle a ce Möller. Sans quoi, jamais elle ne m'aurait envoyé ici.

Pourquoi raconter cela à la sœur? Cela ne

la regardait pas, et Jochen, en général, n'était guère enclin à se confier.

Il ne pouvait pas davantage expliquer pourquoi, chaque jour, il se rendait à l'infirmerie, alors que son genou était pour ainsi dire entièrement cicatrisé. La sœur, certainement, n'était pas dupe du prétexte.

Elle était si gentille. Toujours souriante. Énergique, parfois, quand elle était obligée de faire souffrir. Jochen l'avait remarqué en la regardant soigner les autres. Mais on avait toujours le sentiment qu'elle agissait pour le mieux. Un mot gentil, en plus, pour celui qui souffrait. On se sentait bien auprès d'elle, compris, protégé..., même avec un genou ouvert.

Certains éducateurs hochaient la tête, élevant parfois même une objection : cela risquait de créer des difficultés, si l'on mettait ainsi en contact avec des filles du même âge, des garçons qui, depuis des années, vivaient entre eux, sans sœurs, ni cousines, ni camarades. Sans aucun doute, il en résulterait de l'agitation, des disputes, des problèmes difficiles.

M. Katz, bien décidé, avait envers et contre tout, maintenu sa décision, tout organisé, réfuté tous les arguments, et imposé sa volonté.

– Ces garçons mènent une vie anormale. Il nous faut, dans la mesure du possible, tenter de les réinsérer dans la vie sociale, en leur créant des contacts et des conditions d'existence se rapprochant de celles d'un foyer familial. Quoi qu'il arrive, un jour nous les lançons dans le monde. Ne pensez-vous pas, messieurs, que les difficultés et les dangers auxquels vous faites allusion ne seront pas, alors, infiniment plus pénibles à affronter pour des enfants maintenus dans un total isolement? A tout le moins, tentons l'expérience.

– Et si cela ne réussit pas? objecta M. Hamel.

– Nous recommencerons, avec un peu plus d'expérience. Dans notre profession, il faut savoir prendre des risques. Que penseriez-vous d'un docteur qui refuserait de soigner un malade sous prétexte qu'une poussée de fièvre contrarie le traitement?

La question ainsi définitivement tranchée, les garçons appartenant aux groupes les plus âgés apprirent avec enthousiasme – un enthousiasme de plus en plus modéré à mesure que s'approchait le fameux soir – qu'ils allaient être autorisés à participer à un cours de danse.

M. Katz s'était entendu avec la directrice d'une Association de jeunesse de la paroisse voisine pour qu'une vingtaine de pensionnaires du Centre soient admis à participer à une leçon de danse. Mme Geerts réunissait un nombre suffisant de filles, ainsi que quelques garçons, et le jeune diacre de la paroisse servirait de professeur, tout en exerçant un contrôle discret afin que la soirée se déroulât selon toutes les règles et convenances.

Une activité fiévreuse régna au Centre durant l'après-midi du grand jour. Les costumes furent passés au café noir, brossés, les plis des pantalons repassés, les souliers lustrés, brillants comme des miroirs.

– Pas de blagues, surtout, recommanda Jochen d'un ton sévère, sans quoi on dira tout de suite : « C'est un de ces voyous du Centre ».

– Dis-le plutôt à ton ami Sven, riposta Reinhardt, ex-Barbet, avec un ricanement satisfait à la vue de l'embarras de Sven qui, rouge comme une tomate, faillit se précipiter sur son adversaire.

Seule le retint la pensée de son costume propre. M. Hamel distribua l'argent de poche de la semaine, et les intéressés eurent l'impression que pas mal de mauvais points avaient été effacés.

– J'espère que les filles seront jolies, au moins, déclara un grand rouquin.

– Moi, j'en veux une brune, annonça Jochen. Un peu plus petite que moi et très mince.

– Parle pour toi! Moi, j'aime bien avoir du solide dans les bras, rétorqua son voisin.

– Cause toujours, avec tes oreilles en parachute, personne ne voudra de toi.

Ils étaient pleins d'entrain quand, après le diner, M. Hamel passa une dernière revue.

Des garçons tout neufs!

Des filles toutes fraîches!

Pas le temps de souffler, ni de se retourner. Ils arrivèrent au moment où filles et garçons de l'extérieur entraient dans la salle. Le jeune diacre, prenant ses fonctions très au sérieux, forma aussitôt les couples. Jochen hérita d'une fillette aux cheveux roux, à peine plus petite que lui, tout aussi timide et gênée. Mignonne, certes, dans sa mini-jupe et son chandail rouge vif. A quelques coups d'œil furtifs, Jochen comprit qu'il ne lui déplaisait pas. Rien d'étonnant, avec son beau costume neuf et des cheveux qui n'avaient pas vu le coiffeur depuis un mois.

L'argent de poche suffisait à payer deux cocas. Brigitte but le sien avec délices.

– Je ne connais personne, encore, dit-elle. Nous venons d'arriver, la semaine dernière. Mais, ça me plaît ici. On s'amuse toujours autant?

– Je ne sais pas, répondit Jochen. C'est la première fois que je viens, moi aussi.

Le diacre, après quelques exercices, déclara que la leçon avait assez duré. A chacun de se débrouiller comme il l'entendait, la pratique étant le meilleur des entraînements.

M. Hamel, assis aux côtés de la directrice, suivait d'un œil amusé les ébats de cette jeunesse, satisfait dans l'ensemble de la tenue de ses pupilles.

Sven avait une danseuse aussi blonde que lui. Au cours d'une pause, assis auprès d'elle, il glissa son bras autour de sa taille, mais, rencontrant le regard de M. Hamel, le retira précipitamment. Très rouge, il se raidit et demeura contracté durant le reste de la soirée.

– Tu reviendras, la prochaine fois? demanda Jochen.

Brigitte fit oui de la tête.

– Toi aussi?

– Sûrement.

Et ce fut la fin. Certains garçons de l'extérieur proposèrent à leurs danseuses de les raccompagner chez elles. M. Hamel rassembla ses troupes, et fit un signe impératif à Jochen, encore en grande conversation avec Brigitte.

– Fais-moi un bout de conduite, dit-elle.

– Je le voudrais bien, mais je ne peux pas. Il faut que j'aille rejoindre les autres. Regarde, Hamel s'impatiente.

Brigitte ne bougea pas, mais Jochen eut l'impression d'un recul :

– Ah! Tu es de ceux-là. Je ne le savais pas. Tu n'en as pas l'air.

– L'air de quoi?

– Eh bien! D'être un garçon comme eux.

– Désolé, mais j'en suis. Manque de pot, hein? Je t'ai fait perdre ton temps et ta soirée. La prochaine fois, cherche toi quelqu'un qui pourra te raccompagner chez toi.

Tournant les talons, il rejoignit le groupe et M. Hamel, après s'être assuré que personne ne manquait, rassembla son troupeau pour le ramener à l'étable.

Trois jours seulement jusqu'à la noce!

Jochen hésita longtemps. Puis, rassemblant son courage, il alla trouver M. Katz. Depuis leur sortie commune et la séance au café, il se sentait plus en confiance. Enfin quelqu'un qui comprenait!

Malheureusement, M. Katz ne comprenait pas tout. Il n'était pas question que Jochen refusât d'assister au mariage. D'ailleurs, le premier but à atteindre n'était-il pas de rétablir de bonnes relations entre sa mère et lui, ainsi qu'avec son futur beau-père, et ces deux jours de fête y contribueraient. Dans le refus de Jochen, il y avait à la fois de la révolte, de la jalousie, et une certaine lâcheté. Tout cela n'était pas bon.

Rien à espérer de ce côté.

– Sœur Maria, vous ne pourriez pas me porter malade? Pour quelques jours? Je vous en prie.

– Viens près de moi, Jochen, et assieds-toi. Te porter malade? Pourquoi? Qu'as-tu?

– Je ne me sens pas très bien, voyez-vous. J'ai mal à la tête et, par moments, tout tourne autour de moi. Mal à l'estomac aussi. Envie de vomir.

– Quand a lieu le mariage?

– Après-demain. Mais ce n'est pas pour ça, ma sœur. Non, vraiment pas. Je ne me sens pas bien.

– Dans ce cas, je vais te donner quelques cachets. Tu les avaleras et tu te sentiras mieux. Et si, lundi, quand tu seras revenu de chez ta mère, tu n'es pas guéri, nous aviserons.

Sœur Maria faisait la sourde oreille, elle aussi.

– Jäger, tu n'as pas rangé ton armoire.

– Non.

– Pourquoi n'as-tu pas fait ton lit?

– Parce que je ne veux pas.

– Tu es de service, aujourd'hui.

– Un autre me remplacera. Vous-même. Vous avez bien le temps!

M. Hamel pinça les lèvres et, au prix d'un visible effort, se domina. Au bout d'un instant, il reprit :

– Sven, sois assez gentil pour remplacer ton ami. Il te le rendra à son retour.

Tous ligués contre lui! Hamel ne voulait pas le punir, le priver de sortie.

Que faire? Qu'inventer?

Le petit déjeuner à peine achevé, M. Katz entra :

– Jochen, j'ai réfléchi. Il vaut mieux que tu n'ailles pas tout seul chez toi.

Le visage de Jochen s'illumina :

– Je reste ici?

M. Katz secoua la tête :

– Non, tu as mal compris. J'ai dit « pas tout seul ». Un stagiaire t'accompagnera jusqu'à la porte. Je craindrais, sinon, que tu ne montes dans le mauvais autobus, et je préfère éviter tout incident.

Oh! Cette surveillance perpétuelle!

Vendredi était le jour du départ, et Jochen, dès le matin, endossa son costume neuf.

Impossible d'avaler une bouchée. Et tous les autres qui l'enviaient!

– Allez-y à ma place! Je ne demande pas mieux. Écoutez, tous! Qui veut assister au mariage de ma mère, me remplacer et la saluer de ma part? Elle ne s'apercevra peut-être même pas que c'est un autre.

Le stagiaire attaché au secrétariat de M. Katz était chargé d'accompagner Jochen. Jeune, sportif, alerte, il n'était pas question de lui échapper.

« Je n'irai pas à ce mariage! Personne ne peut m'y forcer. Non, je ne me laisserai pas conduire là-bas. »

Et soudain, Jochen sut comment empêcher ce départ.

Lentement, il déboutonna le poignet de sa chemise, retroussa la manche jusqu'au coude, saisit sa fourchette et l'enfonça d'un coup dans son poignet. Ne pouvant retenir un cri de douleur, il vit jaillir le sang, mais loin de retirer la fourchette, serra les dents et l'enfonça plus profondément avant de s'affaisser, tête en avant, sur la table, inconscient du tumulte qu'il soulevait autour de lui.

– Qu'as-tu encore inventé, mon petit! perçut Jochen de manière encore confuse.

Sans ouvrir les yeux, il essaya de comprendre où il se trouvait.

Couché. Dans un lit, sûrement. Quelqu'un avait dû le déshabiller. Son bras gauche était gros, lourd. Une main lui caressait le front :

– Pauvre mioche, va!

Ouvrant les yeux, il vit un visage penché vers lui : sœur Maria.

– Vous voulez toujours que j'aille là-bas? murmura-t-il, attendant une réponse qui ne vint pas.

La sœur secoua simplement la tête.

– Tant mieux! Je suis content, balbutia-t-il, perdant à nouveau connaissance.

Quand il ouvrit les yeux, M. Katz était à son chevet.

– Ta mère t'envoie ses tendresses, Jochen, dit-il. Je lui ai téléphoné pour lui dire que tu ne pouvais pas venir.

– Vous... vous lui avez raconté..., ce que j'ai fait?

– Non. Tu as une petite blessure qui t'oblige à rester quelques jours au lit. Je n'en ai pas dit plus.

– Et elle? Je veux dire, qu'en pense ma mère?

– Elle est désolée. Elle s'était réjouie à la pensée de t'avoir, et regrette que tu n'assistes pas à son mariage.

M. Katz n'aimait pas mentir, mais comment répéter à cet enfant la conversation qui avait eu lieu au téléphone?

– Ah! Il ne peut pas venir? C'est dommage, mais, après tout, cela vaut mieux, peut-être. Un mariage, c'est bien du travail... tout ce monde à recevoir! Nous n'aurions pas eu le temps de nous occuper beaucoup de lui. Nous viendrons le chercher un autre dimanche, si vous le permettez, monsieur Katz. Saluez-le bien de ma part et de celle de son beau-père, et dites-lui que je lui enverrai un gros paquet pour qu'il ait sa part du gâteau de noce. J'espère qu'il sera vite guéri. Dites-lui que je l'embrasse. Et maintenant, excusez-moi, monsieur Katz, je ne sais plus où donner de la tête.

Après avoir posé le récepteur, M. Katz s'avisa que la mère n'avait pas même demandé de quelle blessure il s'agissait.

– Elle ne regrette rien du tout. Ça ne lui aurait pas fait plaisir de m'avoir, puisqu'elle cherche à se débarrasser de moi.

Jochen s'entendit vaguement parler, mais tout était confus. M. Katz disparaissait dans une sorte de brouillard. Seule était réelle la douleur lancinante de son bras gauche.

– Je ne suis pas un lâche, murmura-t-il. Ça fait très mal, vous savez.

Certes, les arguments ne manquaient pas à M. Katz pour expliquer que parfois la lâcheté se montre plus forte que la douleur. Mais il garda ses réflexions pour lui.

– Tu m'avais promis, il y a quelques jours, que tout irait bien, tu te souviens? Quelques jours seulement. Ce que pense ta mère, je ne le sais pas. Mais tu m'as déçu, Jochen.

Jochen, les yeux fermés, parut ne pas avoir entendu.

Que répondre? De son point de vue, M. Katz avait raison. Mais comment en sortir autrement? Jochen avait tout essayé, et personne n'avait compris. Comment aurait-il pu dire plus clairement qu'il ne voulait pas assister à ce mariage. Ils n'avaient pas voulu comprendre, persuadés d'avoir raison. Comme toujours. Rien, ils ne comprenaient jamais rien!

Son bras le faisait affreusement souffrir. Le docteur avait recousu la plaie. Se blesser et souffrir ainsi, quelle sottise! Pourquoi ne pas être allé tout simplement au mariage. Bien manger, bien boire, fumer quelques cigarettes en cachette, et même en ramener subrepticement au Centre, supporter quelques regards méprisants, quoi de si terrible à cela?

Au fond, peut-être valait-il mieux se soumettre, puisque, de toute manière, on était le plus faible.

Ce bras faisait très mal, heureusement. Personne ne pouvait s'y tromper, ni prétendre le contraire. Se plaindre, gémir, était justifié et la sœur venait voir. Elle ne s'occupait pas seulement du bras. Elle semblait comprendre.

Malgré son travail, elle avait le temps. On pouvait lui parler, ce qui n'arrivait pas souvent au Centre. Prêches, avertissements, menaces, les maîtres n'avaient que cela à la bouche et les questions qu'ils posaient, sous-entendaient d'elles-mêmes la réponse.

La sœur posait des questions, elle aussi. Mais elle comprenait qu'on ne répondît pas tout de suite, ou qu'on refusât de répondre, pour épargner quelqu'un : la mère..., Axel.

– Tu ne veux pas entrer dans le commerce? Vraiment pas?

– Si, mais pas chez M. Möller.

– Ta mère et ton beau-père désirent te mettre en apprentissage, ici, dans la ville.

– Oui, mais je logerais chez des amis à eux, ou encore dans un Foyer. Je ne veux pas aller chez leurs amis. Pour qu'ils sachent tout. Je tâcherais de bien me conduire, sûrement; mais, quelquefois, ça arrive... on ne sait pas pourquoi.

– Veux-tu que j'essaie de parler à mon frère? Il tient un magasin d'alimentation, comme vous. J'habite chez lui. Peut-être prendrait-il un apprenti. Et tu pourrais loger chez nous.

– Vous feriez ça pour moi?

Sœur Maria parlait sérieusement. Pourquoi ne pas faire pour ce gamin un peu plus que bander son genou? Il le méritait peut-être. Qui donc avait jamais songé à offrir un bouquet, si maigre fût-il, en échange de quelques soins?

Elle interrogea son frère qui, ayant réellement besoin d'aide, accepta sans se faire prier. Le petit n'aurait qu'à loger à la maison, on le formerait, et la sœur serait là pour le surveiller. D'accord.

– Je ne sais pas si ma mère voudra...

Jochen n'osait pas y croire.

Le lendemain, le futur patron de Jochen entra quelques minutes à l'infirmerie, s'assit au bord du lit et déclara :

– Écoute, garçon, nous allons faire un essai. J'ai confiance en ma sœur. Elle s'y connaît, et si elle dit qu'on peut te prendre, allons-y. Je suis d'accord.

Il avait une bonne figure souriante, et Jochen l'eût trouvé sympathique, même sans les bonbons qu'il avait apportés.

– Les collègues me diront peut-être : « Ne va pas chercher tes apprentis au Centre ». Je n'y fais pas attention. Tu as sûrement commis des sottises, sans quoi tu ne serais pas ici. Je ne veux pas le savoir. Si on savait tout ce que j'ai inventé quand j'étais gamin, j'aurais peut-être eu des ennuis, moi aussi. Je voulais te le dire, et nous n'en parlerons plus. Essaie d'avoir un bon bulletin de sortie et, une fois hors d'ici, tu recommenceras à zéro.

La mère écrivit pour donner son accord. Magnifique! Jochen osait à peine y croire. Désirait-il réellement entrer dans le commerce? A vrai dire, il n'y avait jamais sérieusement réfléchi. Mais à quoi bon? Rien de meilleur ne s'offrait à lui. Cela correspondait aux vues de M. Möller, son nouveau patron lui plaisait et il vivrait auprès de sœur Maria.

– Monsieur, dit-il quand le chef du Centre vint le voir. Monsieur Katz, il n'arrivera plus rien, je vous le promets. Parole!

chapitre 10

SVEN S'EN VA

Les pensionnaires n'avaient, en général, pas le droit de se disperser au cours des sorties. Le groupe était conduit par un stagiaire qui décidait du programme de l'après-midi. La plupart trouvaient ridicule de déambuler dans les rues, derrière un troupeau de quinze ou seize garçons, les bras ballants et s'engouffraient aussi vite que possible dans un cinéma. Certains prônaient le grand air et cherchaient un terrain de jeu, mais circuler en groupe, parmi le trafic intense, posait de sérieux problèmes.

Les sorties libres étaient rares, aussi les garçons ne s'attendaient-ils guère à cette aubaine aujourd'hui. Hamel avait été de fort mauvaise humeur ces derniers temps.

Sven et Jochen s'étaient très vite séparés des autres. Sans but réel, ils avaient flâné à travers la ville, mangé une glace, pénétré dans un grand magasin, mais Jochen en était sorti presque aussitôt. Finalement, ils s'étaient assis auprès d'un groupe de jeunes, qui, sur une petite place, à l'ombre des arbres, jouaient de la guitare et chantaient, sans se soucier des regards malveillants qu'attiraient leurs cheveux longs et leurs costumes bariolés.

L'après-midi s'était ainsi écoulé paisiblement, sans histoire. Jochen et Sven en avaient joui pleinement, au point d'en oublier l'heure.

– Malheur! On va être en retard! s'exclama soudain Jochen.

– Oh! Il n'est que moins vingt! répondit Sven.

– Peut-être, mais nous en avons pour une demi-heure de route, même en courant. A moins qu'il ne te reste de quoi prendre le bus?

– Pas un sou.

– Nous serons en retard, et Hamel va crier. Un bon quart d'heure, au moins.

Jochen, indécis, se balançait d'un pied sur l'autre.

– Et après? rétorqua Sven. Hamel ne nous mangera pas.

– Non, mais il ira se plaindre à Katz.

Jochen se mit lentement en route, accélérant peu à peu l'allure : « Sven s'en fiche, songeait-il. Ça lui est égal, il est blindé. Au fond, il a raison, un quart d'heure, ce n'est pas le bout du monde. Seulement, voilà, si Hamel va cafarder auprès de Katz. Je lui ai promis de... Oh! Pas tellement à lui. A moi, je me le suis promis à moi. »

– Attends, haleta Sven. Si tu es tellement

pressé, cours tout seul. Je ne vais pas me tuer pour gagner quelques minutes.

Jochen ralentit le pas.

– Ça t'ennuie vraiment? demanda Sven au bout d'un instant.

– Quoi?

– Qu'Hamel aille chez Katz?

– Je... tu sais, j'avais promis...

– Alors, faut se débrouiller autrement.

– Facile à dire. Un quart d'heure, ça se remarque.

Ils cheminèrent en silence. Sven, tête baissée, fixait le sol comme pour y trouver la solution du problème. Jochen attendait, partagé entre l'espoir et l'incrédulité. Cela paraissait difficile – un quart d'heure est un quart d'heure! – et Hamel tenait par-dessus tout à l'exactitude.

Le temps passait; ils étaient dans une avenue proche du Centre bordée de jardins.

– Attends! s'écria soudain Sven. Ça y est! J'ai trouvé. Hamel ne dira pas un mot, et on va devenir ses chouchous, tu verras.

– Tu es fou!

– Regarde mon vieux, et réfléchis une minute.

Jochen avait beau écarquiller les yeux, il ne voyait que la route, les jardins fleuris, les haies vertes. Là-bas, devant eux, au milieu du chemin, une fillette de quatre à cinq ans jouait avec un jeune chien. Qu'avait découvert Sven? Avec la meilleure volonté du monde, Jochen n'y comprenait rien.

– Laisse-moi faire, déclara Sven. Et quand je crierai : « Sauve qui peut », tu fileras sans demander ton reste. La mère est peut-être tout près...

– Mais?

Sven le repoussa impatiemment. Il se dirigea vers la petite fille, qui, occupée à jouer avec le chien, ne faisait attention à rien.

Terrorisée, elle vit ce grand garçon s'emparer de son chien et s'enfuir à toutes jambes. Il était déjà loin quand, retrouvant sa voix, elle se mit à crier :

– Blackie! Blackie! d'une voix étranglée par les sanglots.

Jochen avait couru derrière Sven sans trop savoir de quoi il s'agissait. Au bout de quatre à cinq cents mètres, il s'arrêta, hors d'haleine :

– Qu'est-ce qui te prend? demanda-t-il. Tu es fou? Pourquoi prendre cet animal?

– Tu ne comprends pas très vite, aujourd'hui. Ce chien va calmer Hamel.

– Vraiment? Tu t'imagines qu'il va te féliciter d'avoir volé le chiot de cette gamine?

Sven secoua la tête avec pitié :

– Volé? dit-il avec un petit sourire. Oh non! Jojo. Sauvé. Nous avons sauvé cette pauvre petite bête de la noyade. N'est-ce pas, mon toutou?

Et il caressa l'animal :

– Il était temps qu'on te tire de là?

– Sauvé de la noyade? Il n'est même pas mouillé!

Ils passaient dans une petite ruelle.

– Excuse-moi, mon vieux, mais... faut ce qu'il faut! dit Sven prenant le chiot par la peau du cou et le trempant dans le ruisseau. Là, maintenant, tu as vraiment l'air d'avoir été sauvé des eaux.

Jochen n'aimait pas du tout cette histoire. Elle ne tenait pas debout. Jamais Hamel ne tomberait dans le panneau. Sven, par contre, était sûr de son affaire.

– Surtout, boucle-la et laisse-moi parler, recommanda-t-il, sinon tu gâterais tout.

M. Hamel les attendait à l'entrée, le visage sombre. Sans lui laisser le temps de placer un mot, Sven lui tendit le chiot qui, trempé, gémissait lamentablement.

– Voyez, monsieur, nous l'avons repêché dans le ruisseau et ça nous a retardés.

M. Hamel prit doucement le petit animal :

– Il faut vite le sécher pour qu'il ne prenne pas froid. A cet âge, un jeune chien est délicat.

– Que va-t-on faire de lui? s'informa Jochen.

– Je vais le prendre chez moi, dans ma chambre, pour le soigner. Demain matin, j'irai déclarer cette trouvaille au commissariat au cas où ses maîtres le rechercheraient. Ce n'est pas un chien des rues, ni un bâtard... On dirait un teckel de race et il s'est certainement échappé par hasard.

Sven et Jochen échangèrent un regard, et Sven cligna de l'œil. Jochen détourna la tête, mal à l'aise. Encore une vilaine affaire. Sven aurait vraiment pu trouver une autre excuse à leur retard.

Au dîner, M. Hamel annonça :

– Il s'est endormi et il va bien. Je pense que ce bain forcé ne lui a pas fait de mal. Sven et Jochen, c'était très bien de vous en être occupés. Son maître vous remerciera.

Jochen baissa la tête. Son maître! Si jamais il se faisait connaître... Malheur à Sven et à ses inspirations.

Sven avait été convoqué chez M. Katz, et Jochen l'avait suivi des yeux, non sans inquiétude. Était-ce à cause du chien qui batifolait dans la salle, fêté et caressé de tous, en dépit des recommandations, et laissait partout de petites mares. Mais, dans ce cas, M. Katz eût également fait comparaître Jochen. A moins que... Peut-être préférait-il les interroger séparément, pour essayer d'en apprendre davantage.

Un livre devant lui, Jochen s'absorbait dans sa lecture. Cela lui arrivait de plus en plus souvent, il fallait l'appeler à plusieurs reprises pour attirer son attention. Les autres se moquaient de lui et l'appelaient « professeur ». Aujourd'hui, inquiet, tendu, il ne parvenait pas à fixer son attention. Il attendait Sven.

Quand celui-ci réapparut, Jochen, au premier coup d'œil, sut qu'il n'avait pas été question du chien.

Sven se précipita vers son armoire, l'ouvrit toute grande et en sortit ses affaires qu'il lança sur son lit. Devant les regards stupéfaits des autres, il expliqua :

– La quille! Je file, les gars! Dans une heure, on vient me chercher. Vous vous rendez compte? J'ai mon bulletin de sortie.

D'un côté, Jochen se sentit soulagé, mais cette nouvelle l'atteignit au cœur. Sven s'en allait, Sven, son unique ami. Qu'allait-il devenir, seul ici. Pourquoi tous ceux qu'il aimait s'éloignaient-ils de lui : la mère, Elvire, Axel, la fille du cours de danse, Sven, Barberousse?

– Où vas-tu? Je croyais que tu n'avais plus de parents? Tu retournes à l'orphelinat? Il n'y a pas de quoi pavoiser.

– Pas à l'orphelinat. Pas du tout. Dans ma famille. Chez un oncle, M. Katz a tout arrangé. Je savais que j'avais un oncle quelque part, j'ai dû le voir une fois, quand j'étais petit, mais je ne m'en souviens plus. Et maintenant, il me prend chez lui. Il est horticulteur de son métier et j'apprendrai à l'aider. Quelle veine, hein?

– Oui, tu as de la chance, dit Jochen tristement.

Une demi-heure durant, Sven laissa éclater sa joie. Puis, ayant rassemblé ses affaires, il ne lui resta plus qu'à attendre l'oncle. « Tu dîneras chez lui ce soir », avait dit M. Katz.

Jochen faisait mine de s'absorber dans sa lecture.

– Je n'y suis pour rien, dit Sven. Tu

comprends, Jochen, c'est comme ça. On vous dit tout d'un coup : « Tu t'en vas ». Et voilà, c'est tout.

– Tu es content, n'est-ce pas? répondit Jochen.

– Tu parles! Mais toi, tu restes ici. Je t'écrirai, tu sais. Promis, juré. Et tu me répondras, n'est-ce pas? Et puis, je demanderai à mon oncle, tu pourras peut-être venir passer le dimanche chez nous. Ce n'est pas loin. Ou encore, je viendrai te voir.

– Quand tu seras dehors, tu ne penseras plus à nous. Trop content d'en être sorti. Et je te comprends. Moi, ce serait pareil.

– Pas vrai! Tu es mon ami, Jochen. Et tu vas sortir bientôt aussi. Quand tu auras fini de vendre tes harengs et moi d'arroser mes radis, nous aurons bien le droit de nous voir. Une fois chez toi, une fois chez moi... Et surtout, pas de Hamel derrière notre dos...

Jochen était malheureusement loin de partager cet enthousiasme.

Une heure plus tard, Sven était parti, après avoir serré la main de tous, et celle de Jochen en dernier.

Celui-ci n'avait pas bougé. Puis, au bout de quelques minutes, il s'était levé, dirigé vers la porte et avait entrevu une camionnette qui franchissait la grille. Sven ne s'était pas retourné, il causait avec l'homme au volant.

Jochen sortit et alla vers l'infirmerie, mais sœur Maria était absente – son jour de sortie.

Le lundi, en revenant de classe, Jochen fut appelé par M. Hamel, dans sa chambre.

L'éducateur, assis à son bureau, le visage fermé, lui tendit un journal et, montrant du doigt un entrefilet :

– Lis, dit-il d'une voix très calme.

Jochen prit le journal, ses mains tremblaient; il jeta un coup d'œil sur les lignes, hésita :

– Lis, répéta M. Hamel.

Jochen lui lança un regard désespéré.

– Je veux que tu lises.

Jochen sentit sa gorge se serrer :

– « Acte odieux de deux jeunes dévoyés. Samedi dernier, vers dix-neuf heures, deux garnements de treize à quatorze ans se sont livrés à une méchante plaisanterie. La petite Elsie K... âgée de cinq ans, jouait sur le chemin avec un jeune chien de huit semaines, un teckel, quand deux garçons inconnus lui ont arraché l'animal et se sont sauvés. D'après la fillette et le témoignage d'une femme qui, derrière la haie, avait assisté à la scène, il s'agit d'un gamin blond et d'un autre aux cheveux bruns, frisés. Le père de la petite Elsie a déposé une plainte contre X. Ceux qui auraient éventuellement aperçu deux garçons portant un teckel, sont priés de bien vouloir le signaler à la police. »

– Assez.

M. Hamel se leva et s'approcha de Jochen qui, les yeux baissés, avait reposé le journal sur la table.

– Petites crapules! dit-il d'une voix basse et contenue. Répugnants. Vous êtes répugnants!

Et, des deux mains, il gifla brutalement Jochen qui essaya en vain de se protéger avec ses bras. Sans parler, M. Hamel frappait, jusqu'au moment où, effrayé lui-même de sa violence, il s'arrêta net et dit :

– Va t'habiller. J'ai téléphoné au bureau du journal. Ils m'ont donné l'adresse du propriétaire. Nous allons lui rapporter son chien. Sur l'heure.

Chemin faisant, M. Hamel garda le silence. Il portait le chien, le caressait, sans plus s'occuper de Jochen que s'il n'existait pas.

A une ou deux reprises, Jochen ouvrit la bouche pour parler, s'expliquer. Il n'osa pas.

Arrivés devant l'immeuble, ils montèrent au deuxième étage et M. Hamel sonna.

Une femme ouvrit et, au même instant, une petite fille bondit avec un cri de joie :

– Blackie!

S'emparant du chiot, elle le serra contre elle et disparut dans le fond de l'appartement.

– Je suis heureux de vous rapporter votre chien, dit M. Hamel et je regrette infiniment ce qui s'est passé. Nous avions autorisé nos pupilles à sortir pendant quelques heures. Il faut bien, vous comprenez, les réhabituer peu à peu à une existence normale. Malheureusement, nous les avions jugés meilleurs qu'ils ne sont. Les sorties vont être supprimées.

– Entrez, je vous prie, insista la femme.

Jochen, derrière M. Hamel, la voyait à peine.

– Non, je vous remercie, répondit l'éducateur, il faut que je rentre le plus rapidement possible. Dès que le coupable qui m'accompagne vous aura dit ce qu'il pense...

– Je... je regrette beaucoup, murmura Jochen. Excusez-moi.

– A quoi as-tu pensé, mon petit, quelle idée! dit la femme. Tu as l'air d'un gentil garçon, pourtant.

– Je regrette vraiment beaucoup..., répéta Jochen.

– Vous n'en obtiendrez rien de plus, déclara M. Hamel. Votre mari a déposé une plainte, je n'ai évidemment rien à dire à ce sujet, mais peut-être pourrait-il accepter de réfléchir et retirer son accusation pourtant justifiée. Elle ne mènera de toute façon à rien. Ce garçon, vous le savez, est déjà en éducation surveillée. Que faire d'autre?

– Nous avons retrouvé notre Blackie, c'est le principal, répondit la femme. Peu importe le reste. Bien sûr, nous étions indignés. Et puis, à voir cet enfant... Allons, n'en parlons plus. Mais ne recommence pas, mon petit. Ce que tu as fait est très laid : un si petit chien et une toute petite fille. Réfléchis un peu.

– Réfléchir n'est pas son fort, soupira M. Hamel. Je suis heureux de vous avoir rendu le chien, madame. C'est une jolie bête, dont vous serez fière. Au revoir, madame, et encore toutes nos excuses.

Jochen hésita et, comme M. Hamel s'éloignait, il se retourna et murmura :

– Dites à votre petite fille que je lui demande pardon...

Et, sans lever les yeux, il descendit rapidement l'escalier.

Sur le chemin du retour, M. Hamel rompit le silence.

– Je t'ai giflé et je n'en avais pas le droit. C'est contre le règlement. Cela ne m'arrive jamais, en général, reconnais-le. Tu peux te plaindre si tu le veux, tu en as le droit. Jamais je ne me laisse ainsi aller, mais une méchanceté pareille... Je n'attends pas beaucoup de toi, Jäger, tu le sais. Mais ça..., je ne t'en aurais pas cru capable.

– Je ne me plaindrai pas, marmotta Jochen.

Et, si M. Hamel l'entendit, il ne jugea pas utile de répondre.

Jochen était désemparé. Devait-il raconter comment s'était déroulée l'histoire? Sven était parti, il ne risquait rien. On n'irait pas le rechercher pour le ramener au Centre. Mais lui, Jochen, il était ici encore et cette nouvelle charge alourdirait encore son dossier. D'autre part, dénoncer un ami...

« M. Hamel ce n'était pas moi, vous savez...

– Tais-toi, je connais la chanson. Et je te connais, tu n'es pas encore arrivé à me remettre ton devoir. Cette affaire du chien, c'est aussi la faute de ta mère, n'est-ce pas? Ta mère! Tu n'as pas honte de répéter toutes les semaines que c'est elle la coupable. Toujours la faute des autres. Jamais la tienne. »

M. Katz lui-même passa sans rien dire devant Jochen dans la cour. Il savait, lui aussi.

– File maintenant. A l'étude.

Mais Jochen n'atteignit pas la salle d'études. Sœur Maria, penchée à la fenêtre de l'infirmerie, lui fit signe :

– J'en apprends de belles sur ton compte, dit-elle en guise d'accueil. M. Katz sort d'ici et m'a tout raconté. Deux jours de plus et ton bulletin de sortie était signé. C'est fini, maintenant. En toute conscience, on ne peut pas te confier à mon frère. Non, mon petit, ce n'est plus possible.

Assise au bord d'un lit, elle regardait Jochen d'un air navré :

– Je croyais en avoir trouvé un capable de s'en sortir. Enfin, il vaut mieux le savoir avant qu'après, n'est-ce pas? Mais je te le dis, mon petit, tu as gâché pas mal de choses; pour toi d'abord, et pour d'autres ensuite. Je ne m'y laisserai plus prendre, et si jamais un autre mérite que... eh bien, tant pis! A partir de maintenant, je fais mon métier, rien de plus; bander des genoux, soigner des rhumes, et c'est tout. Allons, va, que je ne te voie plus.

Jochen tourna les talons sans mot dire. Il ne vit pas sœur Maria tirer son mouchoir et se tamponner les yeux.

chapitre 11

LA FUGUE

Au fond, cela s'était très bien passé. Bien plus facile que Jochen ne l'avait espéré. L'oreille tendue, il était resté dans son lit sans bouger après la dernière tournée de M. Hamel. L'éducateur, en général, regagnait alors sa chambre, sortait ensuite prendre l'air pendant une demi-heure environ et, après un dernier coup d'œil sur les garçons endormis, se retirait définitivement.

Le meilleur moment pour se sauver était pendant cette demi-heure de sortie que s'offrait Hamel avant de se coucher.

Sans bruit, Jochen s'était rhabillé – son beau costume neuf, naturellement –, tout en lançant des regards furtifs autour de lui. Personne ne bougeait, ils avaient tous l'air de dormir. Et si, par hasard, l'un ou l'autre le voyait, c'était sans importance. Il ne parlerait pas avant le lendemain, ce qui donnait une bonne avance.

Jochen se glissa hors du dortoir, traversa la

salle d'études, descendit l'escalier. M. Hamel n'avait pas encore bouclé la porte d'entrée. Les minutes suivantes étaient les plus dangereuses. Si, par malheur, Hamel se trouvait dans l'allée, tout était perdu. Surtout, ne pas se diriger vers le portail, mais par-derrière et grimper par-dessus la haie. Là, il n'y avait jamais personne, et si, après un détour, il parvenait à rejoindre la route, ce serait presque gagné.

Silencieusement, Jochen traversa la cour, passa devant les cuisines, évita les poubelles, tressaillit car, au clair de lune, les buissons prenaient des formes humaines, atteignit la haie et l'escalada sans encombre.

Au pire, il jouissait maintenant d'un bon quart d'heure d'avance. Dix heures, avcc un peu de chance, car, très probablement, Hamel, au retour de sa promenade nocturne, se contenterait d'un rapide coup d'œil au passage et ne décèlerait rien d'anormal, Jochen ayant pris la précaution de bourrer son lit de livres et de vêtements. Évidemment, si par malheur il regardait de plus près! Mais un quart d'heure, ce n'était déjà pas mal. Et puis, comment savoir dans quelle direction il était parti? Il faudrait, avant tout, réveiller M. Katz. Celui-ci s'habillerait, préviendrait la police et, accompagné d'un éducateur, partirait pour la gare. C'était classique. Si l'alerte était donnée assez rapidement, les fugitifs se faisaient presque toujours cueillir à la gare.

« Pas moi! » se promit Jochen.

Il atteignit bientôt les faubourgs de la ville. En dépit de l'heure, les rues étaient encore animées, les passants nombreux. Nul, parmi la foule, n'accorda la moindre attention à Jochen.

Une voiture de police le dépassa et Jochen résista à la tentation de se réfugier sous un porche. Surtout, ne pas éveiller la méfiance. Tranquillement, sans hâte, il poursuivit son chemin et, au bout d'une demi-heure, se trouva à l'entrée de l'autoroute. S'arrêtant à une station-service, il acheta un petit pain et attendit, attentif aux numéros des voitures.

– S'il vous plaît, je vais à Stuttgart. Pourriez-vous m'avancer un peu?

– Désolé, mon garçon, pas de place.

– Non, je m'arrête à quelques kilomètres d'ici. Cherche quelqu'un d'autre.

– A Stuttgart? En pleine nuit? Non, mon bonhomme, ne compte pas sur moi. Je ne veux pas d'ennuis.

– Stuttgart? Je ne vais pas aussi loin, mais je peux te déposer à Cassel, si ça t'arrange. Devant le poste d'essence, à l'entrée de la ville. Là, tu trouveras facilement ce qu'il te faut.

L'auto roulait vite. Assis devant le tableau de bord, Jochen tenta de calculer de combien de mètres à la minute il s'éloignait du Centre : deux mille deux cents mètres par minute, au moins. Pas mal! Si on le recherchait, ce serait, avant tout, dans la ville même. Et il était déjà loin.

Le conducteur, au volant, souriait, mais ne posait pas de questions. Pas bavard. Tant mieux!

La pluie se mit à tomber; sous l'éclat des phares, la route devint luisante; la voiture était bien chauffée. Jochen sentit le sommeil le gagner et résista de son mieux.

« Nous faisons la course, songea-t-il. Jäger et son copilote en piste, à la vingtième place, mais ils remontent. Encore un concurrent dépassé..., puis un autre.»

Ils roulaient depuis une bonne demi-heure. Plus de quarante-cinq kilomètres de parcourus. Hamel pouvait toujours leur courir après. Pas besoin de s'inquiéter. Jochen se détendit, ferma les yeux, bercé par le ronronnement du moteur.

– Hé! Petit, descends. Tu as bien dormi?

– Euh!... Oui. Merci monsieur, merci.

Il ne pleuvait plus, mais il y avait de l'humidité dans l'air. Jochen frissonna...

Oh! Ici, le numéro de Stuttgart!

– Pourriez-vous me prendre, je vous prie?

Le conducteur, un homme avec de grosses lunettes, dévisagea du haut en bas le jeune garçon qui le regardait d'un air interrogateur.

– Quel âge as-tu?

– Quatorze ans.

– Tout seul, la nuit, comme ça? De Cassel à Stuttgart. C'est louche, non?

– Oh! Pas du tout.

Jochen parlait d'un ton assuré, avec un sourire.

– Nous sommes en excursion scolaire et, pendant l'arrêt ici, je suis allé aux toilettes. Quand je suis revenu, le car était parti. Vous vous rendez compte, ils ont filé sans moi. Le prof ne s'en est pas aperçu, et je suis là depuis près d'une heure, à attendre.

– Personne n'a rien remarqué?

– Non, je ne pense pas. Ils étaient tous plus ou moins endormis...

Encore un regard scrutateur. Ce petit était bien habillé. Il paraissait gentil, bien élevé. Rien d'un vagabond.

– Bon. Eh bien! Monte. Nous rattraperons peut-être ton car. Une heure d'avance, c'est beaucoup tout de même.

Ce conducteur, lui aussi, était avare de paroles. Il grommela quelques mots sur les enseignants qui se conduisaient comme des irresponsables, puis s'absorba dans la contemplation de la route qui s'étendait devant eux, presque déserte à cette heure.

Jochen ne sut jamais combien de temps s'était écoulé avant qu'il se réveillât. Sa montre marquait deux heures et demie.

– Écoute, petit, je m'arrête un instant, j'ai soif. Tu veux boire quelque chose, toi aussi?

– Je ne peux pas. Je n'ai pas d'argent. Mon porte-monnaie est resté dans la poche de mon manteau, dans le car.

– Je peux quand même aller jusqu'à t'offrir un coca-cola, et même un sandwich, si tu as faim?

Au comptoir, deux policiers prenaient un café et causaient à la patronne. Ils saluèrent Jochen et le conducteur d'un amical « bonjour ».

Jochen se maîtrisa. Son cœur battait à grands coups. Sans raison, d'ailleurs. Tout était normal. Un père avec son fils, rien d'étonnant à cela.

Jochen engloutit deux cocas et deux sandwiches.

– Donnez-moi votre adresse, monsieur, dit-il. Je vous enverrai l'argent dès que je serai rentré à la maison.

L'homme sourit :

– C'est bon, c'est bon! Tu ne m'as pas ruiné.

Un peu plus tard, aux premières heures de la matinée, l'homme se tourna vers son jeune passager :

– Je vais plus loin, à Leonberg. Où veux-tu que je te dépose?

– Au carrefour, à l'entrée de Stuttgart. De là, j'irai à pied. Ce n'est pas loin.

– Parfait.

Une petite heure de marche à travers les faubourgs et les rues désertes. Puis Jochen se trouva au centre de la ville inconnue où habitait son père. Aucune crainte d'être découvert; la gare, les rues grouillaient de passants. Mais comment, dans cette foule, trouver un père dont on ne connaissait même pas l'adresse?

Dans l'annuaire du téléphone, peut-être.

Des Jäger, il y en avait beaucoup. Deux Kurt Jäger seulement. Lequel était le bon? Le dentiste? Non, certainement pas. L'autre n'indiquait pas de profession. Jochen nota l'adresse, regarda un plan de la ville, vit que la rue en question n'était pas trop éloignée, et se mit en route.

Sur la porte de l'appartement, une plaque avec le nom : *Kurt Jäger*. Il sonna. Un vieil homme vint ouvrir.

– Je voudrais voir M. Jäger?

– C'est moi-même. Que désires-tu?

– Non, ce n'est pas vous..., c'est-à-dire... je cherche un autre M. Jäger.

– Tu ne connais pas son adresse?

– Non. Le nom seulement et son jour de naissance aussi.

– Alors, à ta place, j'irais à la mairie consulter le registre des déclarations de séjour.

– Oui, c'est une bonne idée. Excusez-moi de vous avoir dérangé.

L'employé du Bureau des déclarations de séjour se montra grossier et peu complaisant. Néanmoins, il consentit à regarder dans ses listes, et finit par donner à Jochen le renseignement demandé.

Midi sonnait et les deux sandwiches de la nuit étaient loin. La faim se faisait sentir.

D'après le plan, la rue indiquée se trouvait à l'autre bout de la ville. Une longue marche.

Jochen trouva porte close, et personne ne

répondit à son coup de sonnette. Oui, évidemment, le père était à son travail. Dommage! Il reviendrait bien une fois, tout de même.

Jochen erra dans les rues, ramassa quelques pommes abîmées jetées par un fruitier, ce qui apaisa un peu les tiraillements de son estomac.

A quatre heures de l'après-midi, le père n'était pas rentré. A cinq heures, non plus. Enfin quand, vers six heures, Jochen, une fois encore, tenta sa chance, il aperçut son père qui arrivait, et courut à lui.

– Père!

– Jochen! D'où sors-tu?

Stupéfait, le père contemplait ce fils qu'il avait peine à reconnaître :

– Comme tu as grandi. Viens. Entre.

Le réfrigérateur paternel était bien garni. Jochen dévora, tout en racontant son histoire de manière quelque peu incohérente.

– Et alors, tu es venu chez moi, comme ça, tout simplement?

– Je ne savais pas où aller.

Le père marchait de long en large.

– Écoute, ce n'est pas possible, mon petit. La garde a été confiée à ta mère. Si tu restais, ça ferait une histoire à tout casser. Et puis, je ne peux pas. Vois-tu, Jochen, je vais me remarier. Ma fiancée est toute jeune. Dix-neuf ans, à peine. Comment veux-tu que je lui amène un grand fils de quatorze ans? Comprends-tu? Écoute, nous allons réfléchir tous les deux à la meilleure solution. Ce soir, tu coucheras ici, sur le divan, et demain nous verrons. D'accord?

Bien que mort de fatigue, Jochen ne parvint pas à trouver le sommeil. Cela s'annonçait mal. Le père ne l'avait pas mal reçu, certes, mais ne l'avait pas non plus accueilli chaudement. « Nous verrons demain », avait-il dit. Qu'entendait-il par là? C'était facile pourtant, simple. Jochen était son fils, un fils qui était parti à la recherche de son père, à des centaines de kilomètres de distance, et qui avait fini par le trouver. Alors? La question n'était-elle pas réglée? A quatorze ans, un garçon a encore besoin d'une mère, d'un père. Une mère n'a pas le droit de dire : « Je te mets en éducation surveillée », et un père ne peut pas déclarer : « Nous verrons demain ». Ce n'est pas juste, pas normal. Mais rien n'est juste, rien n'est normal, tout est gâché, embrouillé de telle manière que personne ne peut plus en sortir.

Le lendemain matin, le père était gentil, amical, plutôt gêné.

– J'ai longuement réfléchi, Jochen. Tu as eu tort de te sauver et de venir chez moi. Comprends-moi bien : je reste ton père, bien que nous ayons divorcé, ta mère et moi. Je m'intéresse à toi, sois-en-sûr, à ton avenir. Si jamais tu as vraiment besoin de moi, tu me trouveras toujours prêt à t'aider, je te l'affirme. Mais...

– J'ai besoin de toi, maintenant.

– Tu te l'imagines, Jochen. Tu es en bonnes

mains. On prend soin de toi. Tu ne te plais pas dans ce Centre d'éducation, je le comprends, mais tu n'y resteras pas éternellement. Tu en sortiras, c'est évident. Tiens-toi bien et soumets-toi. C'est la vie, vois-tu. Tout ne s'arrange pas toujours comme on le voudrait. Faire des sottises, ça nous arrive à tous, et il faut en subir les conséquences. Comme on fait son lit, on se couche. C'est une leçon que chacun de nous apprend tôt ou tard. Quand tu seras un peu plus grand, tu le comprendras.

« A vomir! songea Jochen. Si seulement il se taisait! On croirait entendre Hamel. »

– ...C'est pourquoi j'estime que tu as commis une faute en te sauvant du Centre. Et les fautes, vois-tu, il en est que l'on peut effacer, d'autres dont on porte le poids. Celle que tu viens de commettre est facile à réparer. Pour cela, il faut rentrer au Centre, c'est la vraie solution, la seule qui soit bonne et juste. Donne-toi un peu de peine. Conduis-toi bien et ce ne sera pas long. Tu veux devenir un homme, un vrai? Alors, tiens bon!

– Mais je ne peux plus le supporter.

– Tu te le figures, Jochen. Ce n'est pas raisonnable. Tout va s'arranger, tu verras. Je vais t'accompagner ici, au Foyer social, ils feront le nécessaire pour te reconduire au Centre. Tu vas peut-être m'en vouloir, Jochen, et je le comprends, mais tu reconnaîtras plus tard que j'avais raison.

Il ouvrit son portefeuille :

– Tiens, pour que tu emportes au moins un

souvenir de ton père. Tu le dépenseras comme tu voudras.

Un billet de cinquante francs!

– Je n'ai besoin de rien. Je ne veux pas retourner au Centre, c'est tout.

– Dans la vie, on ne fait pas toujours ce que l'on veut. Nous le savons tous, et il n'est pas mauvais de l'apprendre dès le début.

A quoi bon discuter plus longtemps avec le père?

Mais, un peu plus tard, comme ils sortaient ensemble, car le père voulait le conduire lui-même au Foyer, Jochen, aux aguets, attendait une bonne occasion. Elle se présenta devant une station d'autobus. Plusieurs voitures étaient à l'arrêt. Jochen traversa rapidement au moment où le feu passait au vert, laissant son père immobilisé sur le trottoir. Avant qu'il ait eu le temps d'intervenir, Jochen avait tourné, enfilé une rue latérale, puis une autre. Apercevant un grand magasin, il y entra et ressortit par la porte de derrière.

Le père le chercherait un peu, probablement, puis renoncerait. A moins que, soulagé d'être débarrassé de son fils, il ne prît même pas la peine de s'en occuper. Peu importait, d'ailleurs. Jochen n'avait qu'une idée : quitter Stuttgart le plus vite possible. Avec cinquante francs dans sa poche – plus d'argent qu'il n'en avait jamais possédé –, il pouvait acheter de quoi boire et manger pendant plusieurs jours.

Il faisait beau. Un car conduisit Jochen dans un bourg voisin. Il entra dans un cinéma, flâna dans les rues, s'offrit un illustré pour passer le temps et, vers le soir, chercha un gîte pour la nuit. Il avait de l'argent, mais un hôtel, c'était cher. En outre, accepterait-on un garçon de quatorze ans, seul et sans papiers? Dans les auberges de la jeunesse, il fallait également une pièce d'identité, et un touriste sans bagages éveillait toujours la méfiance. Finalement, à la sortie du bourg, Jochen découvrit une grange et s'y installa.

Le lendemain, il se débarrassa, non sans peine, de la paille collée à ses cheveux et à ses vêtements. Force fut d'acheter un peigne et un savon. Le costume neuf avait beaucoup perdu de sa fraîcheur. Peut-être vaudrait-il mieux, le soir, trouver un toit. Les nuits étaient fraîches.

Cclui qui ne sait où aller, n'avance pas très vite. Le troisième jour, Jochen s'empara d'une bicyclette, roula une trentaine de kilomètres, puis abandonna l'engin au coin d'une rue. Un second vélo le conduisit vingt kilomètres plus loin.

Le quatrième jour, Jochen essuya une violente averse en rase campagne, sans aucun abri en vue. A travers le reflet des vitrines de la ville suivante, il put constater l'état lamentable de son costume. A se promener ainsi, il risquait d'éveiller la curiosité, mieux valait se dissimuler le plus possible.

Le cinquième jour, il ne lui restait plus que cinq francs.

Le sixième jour, pour la première fois, Jochen envisagea de renoncer.

Le septième jour, il se réveilla une fois de plus dans une grange, les membres engourdis et douloureux. Le soleil lui-même ne le réchauffait pas. Il n'avait plus d'argent, ne savait pas au juste où il se trouvait, quelle direction il avait prise durant ces derniers jours. Au fond, cela n'avait pas grande importance, mais comment continuer?

Sans argent, c'était difficile. Il fallait manger, et mendier était plus pénible encore que de voler. Alors?

Il resta blotti dans la grange jusqu'à ce que le soleil fût très haut dans le ciel. Vers midi, il se leva, sortit et, d'un pas ferme, prit la route.

A l'entrée de la ville voisine, des enfants jouaient dans la rue. La bouche ouverte, l'air surpris, ils regardèrent passer Jochen.

« J'ai l'air d'un vagabond, songea-t-il. Et j'en suis un. »

Devant le commissariat, il hésita un instant. Puis résolument, il poussa la porte et entra :

– Je m'appelle Jürgen-Joachim Jäger, dit-il. Je me suis sauvé du Centre d'éducation surveillée. Voulez-vous m'y ramener?

chapitre 12

POURQUOI SUIS-JE ICI?

Que l'accueil de M. Katz manquât de bienveillance, Jochen n'en fut pas surpris. Il avait manqué à toutes ses promesses, troublé l'ordre de la maison, créé des complications supplémentaires, et tous ces actes ne pouvaient que déplaire à M. Katz.

Les trois jours réglementaires de cellule, loin de l'affecter, lui parurent au début plutôt reposants. Il redoutait le moment où, réintégré dans le groupe, il serait en butte aux railleries des autres. Sans parler de M. Hamel.

La solitude n'était pas désagréable : on vous apportait à manger, comme à tout le monde, et puis, on était tranquille toute la journée. Dommage qu'il ne soit pas permis d'avoir un livre. Le premier jour déjà s'écoula lentement. Le silence de la petite cellule devenait oppressant. Rien pour s'occuper. Rien. Réfléchir seulement, et cela n'avait rien de réconfortant. Comment tout cela finirait-il?

Renoncer, se déclarer vaincu, n'avait pas

été facile; et cependant, Jochen avait cédé. Il s'était rendu, parce que sa fuite n'avait abouti à rien et qu'il ne savait où aller. Le Centre, Jochen le reconnaissait à présent, valait encore mieux que la fuite solitaire le long des routes, la peur des gendarmes, les nuits dans la paille, la faim, le froid.

La liberté, seul, abandonné de tous, n'était plus la liberté. Volontairement, il avait remplacé cette liberté par l'emprisonnement, la contrainte. Une fois de plus, il se retrouvait enfermé dans cette vie monotone et réglée à laquelle il ne parvenait pas à se plier, cette vie où, du matin au soir, on allait et venait comme une marionnette dont d'autres tiraient les ficelles.

Comment y échapper? Céder, obéir aux injonctions de M. Möller? Gagner un bulletin de sortie d'ici quelques mois, accepter une place d'apprenti chez des étrangers, en attendant que la mère et le beau-père consentent à le reprendre à la maison? Dans trois ans, quatre peut-être. Et après?

Pourquoi songer à l'avenir quand vous n'étiez même pas capable de vous conduire correctement dans le présent?

Sœur Maria vint le voir dans sa cellule. Une seule fois. Sa tâche consistait à examiner et à désinfecter les fugitifs de retour, afin de prévenir toute possibilité de contagion. Le visage fermé, elle accomplit son travail sans ouvrir la bouche, et disparut.

Le troisième jour, M. Katz en personne lui

apporta du papier et un crayon afin qu'il écrivît le récit de sa fugue dans ses moindres détails. Jochen obéit, négligeant toutefois de mentionner les bicyclettes empruntées au cours de son périple de retour et qu'il avait abandonnées à des coins de rues.

Les nuits étaient longues, il dormait mal. Certes, un lit valait mieux que les cailloux du sol ou la paille des granges, mais la réclusion durant la journée n'incitait pas au sommeil. Et puis, il ne pouvait chasser de sombres pensées.

Les trois jours écoulés, il sortit avec un réel soulagement.

Au dortoir, tout était comme avant. Son lit n'avait pas été défait, ni son armoire vidée, l'expérience ayant prouvé que les fugitifs reprenaient très vite leur place, les uns ramenés par la police, d'autres par leurs parents eux-mêmes. Sans parler de ceux qui rentraient de leur propre gré.

M. Hamel avait une lettre pour Jochen. De Sven. Il était bien, heureux, le travail lui plaisait, il pensait souvent à Jochen et espérait le revoir bientôt.

Dès que tu auras ton bulletin de sortie, écrivait-il.

M. Hamel avait lu la lettre :

– Ton bulletin de sortie, observa-t-il, pour l'instant, il n'en est pas question. Avec ton dernier exploit, il y en a lourd dans ton dossier. Il va falloir te donner beaucoup de peine pour effacer toutes ces mauvaises notes.

M. Hamel en voulait particulièrement à

Jochen de cette dernière incartade, car M. Katz lui avait vertement reproché d'avoir laissé la porte d'entrée ouverte... « Comme si une porte fermée à clé avait jamais empêché un garnement de se sauver. »

— Il est aussi arrivé un paquet pour toi, un gros paquet de gâteaux. Nous avons téléphoné à ta mère pour savoir où tu étais et nous lui avons demandé si nous devions lui retourner l'envoi ou le partager entre tous les élèves. Ils se sont régalés. Ta fugue aura au moins fait quelques heureux.

M. Hamel ne trouva rien d'autre à dire. Pour lui, l'affaire était réglée. Il ne s'informa même pas de la manière dont Jochen avait vécu durant cette semaine.

Ses camarades constatèrent bientôt que, depuis son retour, Jochen n'était plus le même. Avant, il restait en général avec Sven, mais se mêlait parfois aux autres, jouait au ballon avec eux, prenait part aux discussions, et était généralement écouté parce que plus vif et plus intelligent que la plupart de ses compagnons. Les garçons l'aimaient bien.

A présent, il se tenait à l'écart, parlait à peine. Non qu'il se montrât désagréable ou agressif. Indifférent seulement. Isolé la plupart du temps, il restait étendu sur son lit, sans même un livre, les yeux au plafond, une heure, deux heures durant, muet.

Dans la cour, il ne se mêlait plus aux jeux. Assis sur une poubelle, il paraissait ignorer tout ce qui l'entourait.

Bon élève ces derniers temps et affirmant sa supériorité, il ne répondait plus à aucune question et ne demandait plus jamais à être interrogé.

– Ça se passera, déclara Claus. J'étais comme lui quand on m'a ramené, la dernière fois.

Le coiffeur avait coupé à ras les boucles brunes, et Jochen n'avait pas semblé s'en apercevoir.

– Ecoute, Jochen, dit Claus un matin, ça suffit, non? Ce n'est pas un drame, tout de même. Tu n'es pas si mal, ici. Et puis, tu t'es offert une semaine de balade, c'est toujours ça de pris.

– Hum! grogna Jochen pour toute réponse.

Et quittant son siège sur la poubelle, il rentra s'étendre sur son lit.

– Un sacré coup de cafard, conclut Claus. Faut le temps!

Brusquement, Jochen décida d'écrire à sa mère, ce qu'il ne faisait, en général, que sur injonction de l'éducateur. Une petite lettre très brève et M. Hamel secoua la tête en la lisant.

Chère maman,

Viens me chercher. Fais-moi sortir d'ici. Je ferai tout ce que tu voudras à la maison.

Jochen.

Deux jours après, il reçut une carte de sa mère. Dans trois semaines, écrivait-elle, ce serait jour de visite. Ils auraient alors le temps de causer. Mais Jochen devait comprendre que son beau-père avait entièrement raison et qu'il agissait pour son bien. On pensait à son avenir et il ne devait pas rendre les choses plus difficiles encore. A quatorze ans, un garçon était assez grand pour savoir que tout ne s'arrange pas toujours comme on veut...

Jochen lut cette carte au repas de midi, bien que ce fût, en général, défendu par M. Hamel. Ce dernier, observant Jochen du coin de l'œil, constata, non sans surprise – car il connaissait le contenu de la lettre –, que cette lecture amenait un sourire sur les lèvres de Jochen, le premier depuis une semaine.

Puis il vit Jochen déchirer soigneusement la carte en petits morceaux et les enfouir dans sa poche.

– N'oublie pas de me remettre ton devoir, dit M. Hamel. Tu sais de quoi il s'agit et je serais heureux de ne pas lire toujours les mêmes sottises.

Une heure plus tard, Jochen frappa à la porte du bureau, entra et, le visage inexpressif, déposa le feuillet sur la table. Puis, sans attendre, il disparut.

Convaincu d'y lire les phrases habituelles,

l'éducateur jeta un coup d'œil distrait sur la page, sursauta et lut :

Pourquoi suis-je ici?

Je suis ici parce que j'ai volé, rossé un garçon, arraché le collier d'une fille. Je suis ici parce que je suis un voyou, bon à rien, dont personne ne veut. Je dois me montrer reconnaissant qu'on ait bien voulu me prendre pour essayer de faire de moi un homme correct. C'est inutile, cela ne sert à rien. Et, au fond, cela n'a aucune importance, puisque personne ne veut de moi.

En outre, Jochen avait signé en lettres capitales cette déclaration, comme pour en attester l'exactitude et la valeur.

M. Hamel lut très attentivement, une fois, deux fois, comme pour se convaincre lui-même, prit le dossier de Jochen et agrafa soigneusement le feuillet aux autres.

Pour la première fois, il était satisfait de son pupille.

– Jojo est parti!

Les fugues n'étaient pas rares au Centre et, dans ce cas, des paris s'engageaient parmi les garçons sur le temps qui s'écoulerait avant que le fugitif ne vînt reprendre sa place au milieu d'eux.

La disparition de Jochen n'avait rien d'extraordinaire. Et cependant, les garçons sentaient confusément qu'elle ne ressemblait pas aux autres. Jochen revenait à peine de fuite et il s'était montré si étrange, ces derniers temps.

M. Hamel, de son côté, était perplexe, car, d'après le devoir de la veille, il avait compté sur une amélioration sensible, et ce nouvel acte d'indépendance le prenait au dépourvu.

M. Katz déclencha le processus habituel. Des coups de téléphone à la mère, renouvelés durant les deux ou trois jours suivants, attestèrent que Jochen ne s'était pas montré. Le Foyer social de Stuttgart affirma que le garçon n'avait pas reparu chez son père. La police, enfin alertée, entreprit des recherches.

Sœur Maria arrêta au passage M. Hamel qui traversait la cour.

– Moi qui voulais justement lui dire aujourd'hui que mon frère veut bien le prendre malgré tout. Je le lui ai déconseillé, mais il déclare que le petit n'est sûrement pas aussi mauvais qu'on veut bien le dire, et que, lui aussi, au même âge, se serait sauvé hors d'une cage pareille. Quant à l'histoire du chien, c'est une sottise causée par la peur d'une punition. Et dire qu'il est de nouveau parti!

Elle semblait navrée. M. Hamel hocha la tête :

– Moi aussi, j'ai cru un instant avoir réussi. Mais avec ces garnements, il ne faut pas se bercer d'illusions, si on ne veut pas être déçu.

Jochen n'avait pas eu de peine à gagner la

ville. Il avait passé la nuit dans le kiosque, près du stade. Le matin, caché sous un porche, en face du magasin d'Albert Möller, il avait attendu l'heure d'ouverture. Huit heures. Sa mère était sortie, avait déposé quelques paniers devant la vitrine, puis avait disparu à l'intérieur. Déjà, les premiers clients apparaissaient.

– Et voilà!... marmotta Jochen sortant de sa cachette.

Il partit en courant et disparut au coin de la rue.

Le grand magasin avait ouvert ses portes, lui aussi. A cette heure matinale, seules les ménagères se pressaient aux rayons d'alimentation. L'escalier roulant était presque désert. Jochen monta et descendit à plusieurs reprises, rencontra l'employé qui l'avait arrêté jadis et lui adressa un sourire. L'homme répondit distraitement, sans paraître reconnaître Jochen. Nombreux sont les gamins pris sur le fait, dans ces grands établissements. Ce sont de simples incidents dont personne ne se souvient.

Au rayon des disques, Jochen était le seul visiteur. Il en écouta plusieurs, puis s'en alla.

Il n'avait aucun but. Rentrer chez sa mère était exclu : elle le ramènerait aussitôt au Centre, et ça... jamais!

Inutile de se bercer d'illusions. Cette fuite ne pourrait pas se prolonger, pas plus que la première. Personne ne peut éternellement dormir dans un kiosque et vivre de pommes chipées ou ramassées dans le ruisseau. On ne pouvait pas non plus, chaque fois, se présenter au commissariat et dire : « Ramenez-moi au Centre. »

Il fallait trouver une autre solution. Pas pour se tirer d'affaire, ce n'était plus possible. Mais agir... faire quelque chose. Accomplir un acte dont la mère entende parler. Elle surtout qui l'avait renvoyé. Et ce Möller aussi. Qu'il le sache. Sans lui, tout eût été différent. Et Axel, Elvire. Et le père, M. Katz, M. Hamel, sœur Maria... tous, tous. Qu'ils sachent enfin que Jochen ne céderait pas!

Qu'inventer? N'importe quoi. Plus ce serait fou, mieux cela vaudrait. Et surtout, ne plus jamais voir sa mère, ni entendre parler du Centre.

Quoi?

– Oui. Ici Katz.

– Police judiciaire. Nous tenons à vous rassurer au sujet de votre pensionnaire, Jürgen-Joachim Jäger. Nous venons de l'arrêter. Ce garçon paraît complètement déséquilibré. Il déclare avoir, au début de la journée, commis des vols à l'étalage, sans se faire prendre. Il dit avoir distribué les marchandises ainsi soustraites à des enfants qui jouaient dans la rue. Puis, un vol par effraction dans un kiosque. En pleine rue. Personne n'a rien vu.

Rien n'a été signalé. Nous ne le saurions pas nous-mêmes s'il ne l'avait raconté. Cela s'est passé hier. Ensuite, il a reconnu avoir brisé les vitres d'un appartement, mais ne veut pas dire où. Nous n'avons reçu aucune plainte à ce sujet. A trouvé un peu d'argent dans le kiosque et s'est enivré. Puis, il est allé se coucher sur une marche, à l'entrée du magasin de son beau-père et s'y est endormi jusqu'au passage de la patrouille qui l'a ramassé.

– Mais c'est insensé! Ridicule! Il a perdu l'esprit!

– Je n'en sais rien. Il n'en donne pas l'impression. Le juge des enfants estime qu'il serait peut-être bon de le soumettre à l'examen d'un psychiâtre.

– Qu'a-t-il dit quand vous l'avez arrêté?

– Pas grand-chose. « Enfin! » a-t-il soupiré. C'est tout.

– Merci de m'avoir informé. Où est-il en ce moment?

– Gardé à vue pour l'instant. Nous allons le relâcher, je pense. Il a commis pas mal de petits délits, c'est vrai. Mais il n'avait pas quatorze ans. Alors, nous n'avons aucune raison de le retenir. Mais tenez-vous bien! Il ne veut pas s'en aller!

« Gardez-moi ici, je vous en prie, monsieur le juge! » a-t-il dit. Puis, il a demandé : « On a le droit d'avoir des livres en prison, n'est-ce pas? » Un drôle de pistolet ce gamin. Au revoir, monsieur.

M. Hamel vida l'armoire de Jochen, établissant une liste des objets à renvoyer aux parents. Puis il donna l'ordre de défaire le lit et rentra chez lui.

« Je l'ai su dès le début, songea-t-il. Au premier coup d'œil. Ce Jäger était un cas difficile. On a beau dire, rien ne remplace des années d'expérience... »

Puis il murmura :

– Je me demande comment sera le nouveau qui va le remplacer?

a propos de

Si cet ouvrage vous a intéressé, nous vous proposons quelques films, livres et extraits de presse traitant des mêmes sujets.

FILMOGRAPHIE

LES ANGES AUX FIGURES SALES
Film de Michael Curtiz
avec Humphrey Bogart - James Cagney
Ann Sheridan

AU NOM DU PERE
Film de Marco Bellochio
avec Yves Beneyton

AVANT LE DELUGE
Film de André Cayatte
avec Bernard Blier - Marina Vlady

DAVID ET LISA
Film de Frank Perry
avec Keir Dullea - Jane Margolin

A L'EST D'EDEN
Film de Elia Kazan
avec James Dean - Julie Harris - Burl Ive

L'HORLOGER DE SAINT PAUL
Film de Bertrand Tavernier
avec Philippe Noiret

IF
Film de Lindsay Anderson
avec Malcom Mac Dowel

KES
Film de Kenneth Loach

LOS OLVIDADOS
Film de Luis Bunuel
avec Estella India - Miguel Inclan

NOUS SOMMES TOUS DES ASSASSINS
Film de André Cayatte
avec Mouloudji - R. Pellegrin

ORANGE MECANIQUE
Film de Stanley Kubrick
avec Malcom Mac Dowel

LES 400 COUPS
Film de François Truffaut
avec Jean-Pierre Leaud - Claire Maunier

LA SOLITUDE D'UN COUREUR DE FOND
Film de Tony Richardson
avec Tom Courtenay - Michael Redgrave

BIBLIOGRAPHIE

L'ADOLESCENT INADAPTE
par C. F. Hunger
Presses Universitaires de France

COMMENT ILS DEVIENNENT DELINQUANTS
par R. Mucchielli
Editions sociales françaises

JEUNESSE DELINQUANTE
par Y. Charrier et J. Ellul
Mercure de France

L'INTERNAT DE REEDUCATION
par le Centre de formation et de recherche de l'éducation surveillée
Editions Cujas

L'ENFANCE DELINQUANTE
par J. Chazal
Presses Universitaires de France
Collection Que sais-je

TRAITE DU DROIT DES MINEURS
Place et rôle dans l'évolution du droit français contemporain
par Ph. Robert
Editions Cujas

APPROCHE DE L'ACTION EDUCATIVE EN MILIEU OUVERT
par G. Vattier
Editions Sociales Françaises

L'ENFANT VOLEUR
par J.P. Lauzel
Presses Universitaires de France
Collection Poideia

L'ETE NE FINIRA JAMAIS
par Max Lundgren
Editions de l'Amitié
Collection Les Chemins de l'Amitié

CHIENS PERDUS SANS COLLIERS
par G. Cesbron
Collection Livre de Poche

LA SOLITUDE DU COUREUR DE FOND
par Alan Sillitoe
Editions Gallimard
Collection Folio

EXTRAITS DE JOURNAUX, REVUES ET LIVRES

La délinquance des jeunes en France
Notes et Etudes documentaires - 15 Mai 1974
N° 3987 - 3988
La documentation Française.

Situations liées à la qualité de bien de consommation disponibles.

Deux types de situations opposées favorisent la délinquance des jeunes : la pénurie des biens de consommation et, paradoxalement, leur extrême abondance.

Le mécanisme de la pénurie est facile à saisir. Ce que l'on peut connaître de la délinquance des jeunes aux siècles passés semble bien la lier assez étroitement à la misère. En 1847 encore, une brusque montée sans lendemain est à peu près certainement la conséquence de la mauvaise récolte de 1846. Des situations exceptionnelles peuvent encore faire jouer ce facteur, tel le marché noir sous l'occupation.

Mais actuellement c'est la situation inverse que l'on connaît. Les structures économiques des pays qui accèdent à l'ère post-industrielle exigent une consommation toujours accrue, ce qui se traduit par une pression constante sur le consommateur éventuel. D'où les nouvelles techniques de vente où les produits sont mis à la libre disposition des acheteurs, ce qui crée des conditions éminemment favorables au vol ; ce n'est pas par hasard que les vols dans les magasins représentent le cinquième des atteintes aux biens.

p. 21

Le « chapardage » dans les magasins.

Ils représentent le cinquième des atteintes aux biens et environ 13 % de l'ensemble de la délinquance. Ils sont commis seul ou en groupe.

Ce type de délinquance s'est largement développé avec la multiplication des grandes surfaces de vente. Il est plus répandu chez les filles que chez les garçons et le taux décroît avec l'âge : il représente près de 40 % des vols commis par des jeunes filles de treize à seize ans (contre 10 % chez les garçons) et 27 % de seize à dix-huit ans. Les objets dérobés correspondent aux besoins des jeunes : disques, transistors, vêtements, livres, friandises, apéritifs, etc... Ils sont conservés ou donnés, très rarement vendus.

p. 7

Le droit français de la minorité pénale.

Deux principes fondamentaux dominent le texte : celui de « l'irrésponsabilité pénale » du mineur et celui du « privilège de juridiction ».

L'irresponsabilité pénale.

Elle est la règle pour tous les mineurs âgés de moins de dix-huit ans au moment où l'infraction est commise. Le principe est général et inconditionnel : il n'y a plus aucune référence à la notion de discernement, pas plus qu'à la nature et à la gravité de l'infraction.

Cette irresponsabilité est absolue pour les enfants de moins de treize ans, qui ne peuvent en aucun cas être condamnés. Pour les adolescents de treize à dix-huit ans, le juge peut y déroger lorsque « les circonstances et la personnalité du mineur » paraissent l'exiger.

La rééducation est donc la voie normale dans laquelle le magistrat doit s'engager; la condamnation demeure l'exception. Le mineur délinquant doit être l'objet de mesures éducatives, décidées pour une durée déterminée, mais qui ne peuvent excéder l'âge de la majorité civile, soit vingt et un ans. Elles doivent être individualisées; aussi se réfèrent-elles nécessairement à l'étude de la personnalité du mineur. Et compte tenu de l'évolution de cette personnalité, le juge a la possibilité de réviser constamment le contenu de ses sentences, de manière à l'adapter aux nouvelles situations.

Pratiquement, une condamnation pénale est prononcée, soit lorsqu'il s'avère que toute tentative éducative est manifestement vouée à l'échec et que l'intimidation est le seul recours possible. soit au contraire lorsque la personnalité du jeune n'étant pas engagée dans le délit (dans le cas de « blessures involontaires » par exemple) la peine, en l'occurence une amende, peut avoir une portée éducative. Le mineur condamné bénéficie de « l'excuse atténuante de minorité » qui diminue la peine dans des proportions variables.

La liberté surveillée, qui peut être prononcée à titre principal, peut, en outre, accompagner toutes les autres mesures éducatives et même se cumuler avec le prononcé d'une peine.

Le principe du privilège de juridiction.

Lorsqu'un mineur commet une contravention de la cinquième classe (c'est-à-dire d'une certaine gravité), un délit ou un crime, il n'est pas traduit devant une juridiction spécialisée. Lorsqu'il commet une contravention légère il continue à relever du juge de police.

Il existe quatre principales juridictions spécialisées :
- le juge des enfants;
- le tribunal pour enfants;
- la chambre spécialisée de la cour d'appel;
- la cour d'assises des mineurs.

p. 30/31

Comment ils deviennent délinquants
par R. Mucchielli
Editions Sociales Françaises

Beaucoup d'écrits et d'articles de journaux présentent la délinquance juvénile comme la grande affaire de notre temps et en cherchent, de ce fait, les causes dans l'actualité. C'est de ce point de vue qu'on « dénonce » les conditions historiques de notre époque. Tout y passe. Nous avons fait allusion ci-dessus à l'influence des moyens de masse (journaux, cinéma, télévision, radio, lectures licencieuses, publicité faite aux crimes, etc.), mais des causes plus proches encore sont volontiers stigmatisées.

« Le jeune découvre aujourd'hui la mobilité des valeurs sociales du monde adulte », lit-on dans un rapport d'août 1960 au congrès de l'O.N.U. sur la prévention du crime. « S'il ne trouve pas la sécurité dans sa famille, il essaie de la découvrir entre adolescents. D'où la bande, facilitée d'ailleurs par les agglomérations urbaines du type grands ensembles où habite une proportion beaucoup plus considérable d'enfants et d'adolescents que de personnes âgées, et où manquent les locaux réservés aux jeunes, les terrains de sport, etc... »

Un autre retrouve le souffle épique pour requérir contre le moment historique où la précarité de la paix, la menace de guerre atomique, les convulsions sanglantes des jeunes Etats, et naguère, l'exemple des fours crématoires, des razzias d'otages, du marché noir et de la dissociation politique... ne peuvent qu'« engendrer l'incertitude d'un demain angoissant et donc jettent les jeunes dans l'immorale jouissance de l'instant ».

Il ne faut pas céder à cette illusion. A propos de la délinquance comme à propos de n'importe quel autre sujet, les penseurs d'une époque se sont toujours cru « à un tournant de l'Histoire ». Une simple enquête bibliographique nous prouve au contraire que notre époque n'a malheureusement rien d'original. On trouve des réflexions et articles sur la délinquance juvénile aussi loin qu'on remonte dans le temps. Si les ouvrages de sociologie font défaut, on lit dans le texte des ordonnances de justice, des déclarations significatives. Du XIIIe au XVIIIe siècle, Paris, comme toutes les villes de France et de l'Europe, comptait dans ses murs une masse de truands de tous genres et de tous âges, représentant à certaines dates un tiers de sa population, le chiffre ne descendant pas au-dessous d'un sixième.

Dans le rapport déjà cité au congrès de l'O.N.U. de 1960, l'auteur P. CECCALDI, ruine lui-même l'illusion qu'il entretient par ailleurs en incriminant les formes modernes de la Société. Il écrit : « Imitant leurs aînés enrôlés dans des associations de malfaiteurs, les bandes de jeunes délinquants en 1910 faisaient beaucoup parler d'elles. Les « Saute-aux-pattes de la Glacière ». les « Chevaliers du sac ». les « Demi-siphons de Ménilmuche »... se singularisaient en portant une coiffure dite « en botte de mouton » : les cheveux pommadés et relevés sur la nuque, mode qui succédait d'ailleurs à l'accroche-cœur et aux rouflaquettes ». Les blousons noirs d'aujourd'hui, de même que les « Mods » et les « Rockers » qui saccagent les villas anglaises, ont, sans qu'ils n'en sachent rien, de vrais ancêtres.

p. 17 - 18

L'enfant et l'adolescent voleurs
par C. Debuyst et J. Joes
Editions Dessart - Bruxelles

En insistant sur l'aspect positif que le vol et le mensonge peuvent prendre, nous donnons peut-être l'impression de faire l'apologie d'actes critiquables du point de vue moral. En réalité, nous voulons rappeler que dans le contexte existentiel la signification que l'enfant donne à son acte nous oblige à poser la question autrement. Sans doute, dans certains cas, celui-ci commet-il une erreur ou même une « faute » susceptible de le mettre dans une situation désagréable et de devoir en porter les conséquences. Mais il serait injuste de ne retenir que cet aspect de la situation et d'identifier l'enfant au caractère négatif que prend son acte pour ne plus voir en lui qu'un « voleur » ou un « menteur », au nom d'un fétichisme de la règle qui d'ailleurs nous paraît être une forme d'impuissance.

S'il existe un mensonge dont la signification est la sauvegarde de soi-même devant autrui, cet autrui doit, dans une certaine mesure et avec nuance, respecter cette attitude et maintenir les liens affectifs, sans en être dupe sans doute, mais sans y insister. De la même manière, s'il existe un vol qui traduit l'intérêt que manifeste l'enfant pour un monde qui se dévoile devant lui, ou qui vise à sauvegarder l'estime des autres, l'essentiel consiste à ne pas rompre un lien qui n'a jamais été mis en question, de ne pas le déclarer rompu ou de ne pas menacer de le rompre, même s'il importe de rappeler que ce comportement présente un danger et est susceptible de causer un tort à autrui.

Face à cet acte, notre attitude doit donc être double : il s'agit d'admettre d'une part que l'acte est susceptible de traduire une préoccupation très légitime, mais que d'autre part, il n'est pas adapté aux exigences de la vie en commun et qu'il importe par conséquent d'imaginer une autre manière de s'affirmer et de satisfaire ses désirs et ses intérêts.

p. 62 - 63

...L'acte délinquant révèle chez son auteur un manque d'intégration psychique lié à une incapacité d'accepter ou de dépasser une tension conflictuelle, ou surtout de l'assumer en lui trouvant une solution. Sous la forme du vol, un comportement semble s'imposer « de l'extérieur » à la personnalité, sans que celle-ci ne l'ait voulu ou « choisi ». En ce sens nous pourrions dire que le sujet se voit entraîné dans la délinquance.

p. 89

...Dans le secteur de la délinquance, nous retiendrons surtout les sujets qui connurent très tôt des frustrations importantes principalement dans leurs relations avec la mère ou, plus largement, avec les parents, et qui reportèrent leur besoin de sécurité sur des objets susceptibles de leur apporter un plaisir compensatoire. Cette gratification que le sujet recherche dans le monde des objets ou éventuellement dans le gang, ne représente qu'un substitut de ce dont il a été privé. De ce fait, ces valorisations ont une signification névrotique et constituent des réactions qui se sont imposées à l'enfant face à la situation dans laquelle il se trouvait.

p. 90

Rip et son destin
par G. Vercin
Editions Salvator

« Grands Ensembles », en construction, quelque part dans la banlieue de Paris.

Je fis la connaissance de Rip plus laborieusement que celle de ses parents, car l'oiseau était rarement au nid, quoiqu'il cessât le travail vers 17 heures.

Sa mère m'avait expliqué qu'ils habitaient jadis un pavillon d'une autre banlieue où continue d'ailleurs à travailler son mari. Celui-ci donc absent de chez lui de 6 heures à 22 heures, y compris, parfois le samedi : trois heures de trajet !

Madame?... Une brave femme, bien en chair, à première vue le type même de la bonne mère de famille, un peu « maternelle », peut-être, propre et soigneuse, mais dépassée, de beaucoup, par les réactions d'adolescent de son cadet, pour lequel elle fit appel elle-même, récemment, sur conseils, à notre Service de prévention de l'enfance.

Elle ne voit pas son fils « coupable », mais faible et négligent : « Il n'aime pas le coiffeur ! » Elle se plaint, surtout des conditions d'habitat de ce « Grand Ensemble », où l'on vient de reloger des expropriés d'un des quartiers les plus populaires de Paris. Elle ne s'y plait pas et voudrait quitter les lieux, pressentant le danger pour les enfants. Elle attribue, en effet, à la promiscuité, le fait que Rip ait été pris sur une mobylette ne lui appartenant pas, en compagnie d'un copain, également de nos « clients »! Sommés par les gendarmes de s'expliquer, ils ont prétendu que cet engin leur avait été « prêté » par un autre copain d'un trop fameux escalier de l'Ensemble!

Madame m'affirme que leur bonne foi était indubitable. Cependant Rip a acquis, toujours de bonne foi, une seconde mobylette, également volée : de ce fait visite de la police, perquisition dans la cave et délit de recel.

p. 19 - 20

Quant au père, brave homme, genre « bonne pâte maugréant, il semble, lui aussi, dépassé par les événements et, ce qui est plus grave, résigné, au bord de la « démission »!

p. 21

De prime abord, c'est un « gars sympa », au regard franc et ouvert : ce qui me confirme la description que m'en fit son copain de la Côte (le complice de la mobylette!) Une certaine timidité, même, que j'attribue au premier contact. Il n'en a pas moins le débit facile, et parle d'abondance (peut-être pour me donner le change). Il me raconte sa vie, tout de go, ainsi que ses fredaines de jeunesse, précisant toutefois, sur ma demande, les histoires de mobylettes. Il m'énumère ensuite, non sans humour, voire même avec une certaine fierté, les sept ou huit emplois qu'il a déjà sillonnés, chacun le temps d'un éclair! Ils s'étagent de la plomberie à la charcuterie, en passant par la poissonnerie, où son bagoût ne devait pas le desservir!

p. 21 - 22

Il me parle aussi de son travail actuel : nécessité d'une bonne présentation (sic) : ô mère qui lui reprochiez de prendre mauvais genre, en raison de sa coupe de cheveux!... Nécessité aussi d'être aimable, honnête, d'avoir le sens des responsabilités : le transport des plans chez le client, qui est son lot, est délicat! En un mot il se prend pour tel qu'il rêve d'être, plus ou moins consciemment : OSS 177 ou James Bond.

p. 22

Daniel le mal parti
par M. Honorin
Editions Gallimard

Le délinquant vu par le juge.

– Daniel, « Irrécupérable » me dit le juge. C'est un voyou ir-ré-cu-pé-ra-ble. J'ai eu trois minutes pour le juger la première fois, mais cela m'a suffi. J'ai l'habitude, vous savez, une longue habitude. Ce Daniel est un voyou. Il a une façon de vous dévisager, une insolence. Pas besoin d'être psychologue pour affirmer que c'est de la graine de Centrale.

«Sa mère est très bien. Une sainte femme qui a élevé trois fils et une fille dans la misère mais dans la crainte de Dieu. Lorsque son mari est mort d'une cirrhose du foie à Bichat, elle a eu besoin de soutien, de quelqu'un de solide pour diriger sa famille. Elle s'est mise en ménage avec un peintre en bâtiment, un Tunisien je crois. Le drame a commencé là. Daniel, apparemment sans aucune raison, a détesté son beau-père. Il a abandonné le domicile familial et de là, mon bon monsieur, il a pris la pente et est arrivé jusqu'ici. Cambriolages, vols de voitures, coups et blessures, injures à agent, etc., etc. Un voyou.

« Tenez, la première fois qu'il est venu chez moi, dans ce bureau, j'étudiais son dossier quand il a eu le toupet de me dire en regardant sa photo :

« – C'est marrant de se voir à l'envers. Ça fait une drôle de gueule.

« Enfin, monsieur, dans ce bureau, je ne sais pas, moi, il aurait pu éprouver, quand je dis éprouver c'est un bien grand mot, disons faire semblant d'éprouver du remords, un peu de honte, quelque chose, quoi. Rien, monsieur, rien. Une sorte de rire idiot, presque de la provocation.

« Non, croyez en ma longue expérience, si je vous dis que ce garçon est irrécupérable c'est qu'il l'est. »

p. 9 - 10

Le juge vu par le délinquant

– Le juge? Une salope, me dit Daniel. Les copains m'avaient prévenu : « Si tu tombes sur lui, t'es bon pour la cabane. » Un vrai con, ce juge. Il a la manie de poser des questions et d'y répondre lui-même. Quand on ouvre la bouche, c'est pour immédiatement se faire traiter de voyou.

« Dès que je l'ai vu, derrière son bureau, j'ai su que j'étais bon. Il suffit d'ouvrir la porte pour sentir la paperasse et le bourgeois. Un pas à l'intérieur, on se croirait déjà en taule. Il trône sur une espèce de chaise à haut dossier. Là-dessus il a l'air malingre, petit, pète-sec. On dirait que ça l'emmerde terriblement que je le regarde. C'est tout juste s'il lève le nez de mon dossier.

p. 11

« – Vous ne pouvez vraiment pas vous tenir tranquille?

« J'ai envie de lui répondre que je l'emmerde, que j'aimerais bien m'asseoir, qu'à mon âge faut qu'on remue, que je voudrais aussi qu'il me dise quelque chose.

« Son nœud de cravate est vachement tarte, trop serré et trop long. Ça fait pas élégant.

« Son stylo est bath. Un stylo à plume, à encre bleue avec un capuchon doré. Sûrement pas du plaqué, avec ce qu'ils gagnent, ces salopes-là. Ils doivent bien faire trois cents sacs par mois? Trois cents sacs pour faire chier les mômes, c'est pas mal payé.

« C'est vrai qu'il a une sale gueule, ce juge. On dirait que son métier l'emmerde. Sûr, qu'il est pas capable de faire autre chose. Parce que juger des mômes, c'est tout de même pas un métier, non. Mais trois cents sacs. Les copains avaient raison, pas sympa.

« Il a des pattes de curé. Toutes blanches et boudinées. Comme sa tronche. On dirait Raimu. C'est vrai ça, il a la gueule de Raimu, le juge. Tu vas la lever, ta gueule, que je la voie, tu vas la lever ? Sûr qu'il est myope. Ça fait cinq minutes qu'il lit la même page. Sûr qu'il bigle.

« Il pourrait me dire de m'asseoir, merde. J'en ai marre, d'être debout. Il s'en fout, lui, il est assis toute la journée.

« – Votre nom?

« Tiens, il bigle pas. Il a les mêmes yeux que le commissaire des Epinettes. Des yeux de veau.

« – Je peux m'asseoir, m'sieur?

« – Je vous ai demandé quelque chose.

« – Ben, mon nom, vous le connaissez puisque vous avez ma photo.

« Je l'ai possédé, la vache. Il croyait m'intimider en le prenant de haut. Eh bien, il en est pour ses frais. »

p. 12 - 13

TABLE DES MATIERES

sur les chemins de l'amitié

Hila Colman
LA MAISON DES FUGITIFS

Michel Grimaud
LA TERRE DES AUTRES
« Prix Jean Macé 1973 »

Michel Grimaud
POURQUOI PARTIR?

Max Lundgren
POUR L'AMOUR DE LISE

Max Lundgren
L'ÉTÉ NE FINIRA JAMAIS

Hans-Georg Noack
TU AS VOLE, JOCHEN

Pierre Pelot
LE CŒUR SOUS LA CENDRE

Sonja B. Pleijel
TONNERRES SUR JAVA

André Sernin
LE DERNIER DES CATHARES

Nicole Vidal
MIGUEL DE LA FAIM

Achevé d'imprimer le 20 septembre 1974
par MAURY-IMPRIMEUR S.A.
45330 – Malesherbes

Achevé d'imprimer
N° d'édition : 599
N° d'impression : G 74/1843